鹬鸟声声

〔埃及〕塔哈·侯赛因 著

杨石泉 李志国 李明茹 译

华文出版社
SINO-CULTURE PRESS

دعاء الكروان

طه حسين

序

终于又听到了《鹬鸟声声》。它最早是在尼罗河河畔的开罗,出于埃及文豪塔哈·侯赛因(Tāhā Husayīn)笔下,那是在1934年。事过整整半个世纪,1984年,三个热心的中国青年,把它译到了中国。咦!"白水、志茹译",译者是两个人,怎么说是三个?这里我要爆料了:他们的确是三个人:白水是杨石泉的笔名,志茹则是李志国夫妻的笔名。

时间真是伟大的魔术师。遥想1978到1980年我在开罗大学镀金的岁月,那时我们都还年轻:杨石泉原本是中文系科班出身,后随他们一个班在我北大东语系阿拉伯语专业进修了两年,以便在阿拉伯国家教汉语。我在开罗的时候,他正在艾因·舍姆斯大学中文系当"教授";李志国小两口那时则是刚毕业不久在使馆办公室当办事员。他们合译《鹬鸟声声》可能就是那时开始的。还记得1983年我去也门萨那技校任教(1983—1985)前,杨石泉找到我,希望我为他们译的《鹬鸟声声》校对一下。当时虽忙,但蒙人家抬爱,盛情难却,倒是对照原文,认真地校了一遍,并代他们译了著名的两国(黎巴嫩、埃及)诗人赫利勒·穆特朗(Khalīl Mutrān,1872—1949)为该书及作者写的赠诗。从那时算起，如今又过了三十多年，我们已经青春不再，年逾古稀。华文出版社的杨平先生希望能让我国的读者再读到《鹬鸟声声》，让我设法联系一下译者。

先是得知李志国在利比亚任大使，后再电话联系在北京语言文化大学退休的杨石泉教授，笑谈起他从开罗回国后，当时一个从艾因·舍姆斯大学到北京语言大学留学的学生给她在开罗的同学写信说："我到杨教授家去看过，他家的确没有汽车。"杨教授笑着告诉我："现在儿子倒是买了辆汽车，还是名牌，但是我们这把年纪，只能坐，不能开了。"谈到《鹬鸟声声》再版的事，他高兴之余，一定要我给写序。当然，又是抬爱，又是盛情难却，又是恭敬不如从命了。

我查了一下原版的《鹬鸟声声》译本，发现有译者的《前言》：介绍了作者、分析了作品。如前所述，杨教授是中文系科班出身，最知道这类文章该怎么写了。人家本来就有一个完整的序，再让我写序，岂不是画蛇添足、狗尾续貂吗？但既然应承下来，而且杨石泉教授似乎又将这事告知了出版社的杨平先生，现在是"二杨"夹击，我只好硬着头皮"续"下去。

原版的《鹬鸟声声》译本是1984年由"中国盲文出版社"出版的。为什么由这家出版社出这本书呢？我想原因就是作者塔哈·侯赛因是一位盲人，出这部书，有一定的励志作用。世上的盲人不少，世上的盲人作家不多，其中能像塔哈·侯赛因那样著作等身且对世人有那么大影响者，我想来想去，还真找不出第二个。记得20世纪80年代，我们曾上映过一部译制的埃及故事片，叫《征服黑暗的人》，后来同名的原著也译出来了。不论这部影片还是那本书，都是有关塔哈·侯赛因的传记。塔哈·侯赛因有两个封号：一个是"阿拉伯文学之柱"，另一个就是"征服黑暗的人"。

塔哈·侯赛因生于上埃及一个偏僻的农村，1902年随兄赴开罗，入爱资哈尔大学学习。当时,爱资哈尔大学是一个维新与守旧两种思想激烈斗争的中心。正是在这里,迈尔赛菲先生教授的文学课(在爱资哈尔大学被认为是"皮毛课",以与宗教的"精华课"区别)引起塔哈对文学的浓厚兴趣;文化启蒙运动的先驱穆罕默德·阿布笃、主张妇女解放的卡西姆·艾敏合力主改良、维新,提倡言论自由的思想家鲁特菲等在校内外都曾对塔哈的思想产生过积极的影响。1908年,塔哈·侯赛因开始在新创建的埃及大学学习文学、历史、哲学等课,大大地开阔了眼界,受益匪浅。1914年,他以研究阿拔斯朝后期著名的盲诗人艾布·阿拉·麦阿里的论文《纪念艾布·阿拉》而获该校第一个博士学位。同年,他被学校派往法国留学,在蒙彼利埃大学学习。后又分别在索邦大学和法兰西学院学习文学、哲学、历史等。他曾广泛涉猎世界文学名著,潜心研究古希腊、罗马文化和近代欧洲,特别是法国文学、哲学。1918年,他以论文《伊本·赫勒敦的社会哲学》再获博士学位。1919年,塔哈·侯赛因离法返国,先后在埃及大学教授希腊、罗马史和阿拉伯文学,并在报刊上发表杂文,投入了当时文化战线上维新与守旧两种思想的斗争。同时,他还利用自己从西方学到的理论和方法深入研究阿拉伯文学遗产,并重新加以评价。1926年他的《论贾希利叶时期的诗歌》公开发表。他在书中采用了法国哲学家笛卡尔"系统的怀疑论"方法和认识上"唯理论"观点,对伊斯兰教以前的诗歌进行了研究、分析。结果,他对这些诗歌的真实性及其价值表示怀疑,认为它们多是后人伪托的赝品。这种研究方法及其结论,对于那些惯于抱残守缺、因陈袭旧的经学院的学究们无疑是一次巨大的冲击。论敌们紧紧抓住行文中几段有关宗教的问题大做文章,认为塔哈·侯赛因简直是离经叛道,亵渎伊斯兰教和先知,对他口诛笔伐,并要求议会对他进行制裁,宣布该书为禁书。后来由于政府出面干涉,塔哈·侯赛因做了某些妥协,并一度去欧洲避难,这场风波才算平息。

塔哈·侯赛因于1929、1934年曾两度出任埃及大学文学院院长，20世纪40年代曾任亚历山大大学校长，1950—1952年任教育部部长。他在1952年"七二三"革命胜利后曾任埃及作协主席、阿拉伯语言学会会长、《共和国报》主编等职。雅典、牛津、罗马、里昂、马德里、蒙彼利埃、剑桥等七所大学先后授予他名誉博士称号。1949年他获得国家文学奖，1958年获国家文学表彰奖，1965年获尼罗河勋章；他曾两度被推荐为诺贝尔文学奖候选人。他于1973年逝世的前一天，被联合国宣布授予在人权方面有最杰出成就的名人奖。

塔哈·侯赛因是位多产的作家，遗有70多部著作。1974年黎巴嫩图书社曾出版《塔哈·侯赛因全集》，共19卷，内容包括文学、语言、历史、哲学、政治、教育、宗教等诸多方面。如论文《哈菲兹与邵基》(1929)、《谈诗论文》(1936)、《与穆太奈比在一起》(1937)、《文学与批评》(1945)、《星期三谈话录》(三卷，1925—1957)、《争论与批评》(1955)、《批评与改革》(1956)、《我们的当代文学》(1958)等。其代表作是自传体小说《日子》(三卷，1929、1939、1962)。

综上所述，塔哈·侯赛因被称之为"阿拉伯文学之柱"是当之无愧的。

至于说塔哈·侯赛因是"征服黑暗的人"，当然也不难理解。对于一个盲人来说，什么都看不见，似乎处于一片黑暗中。而他竟能不畏艰难，取得明眼人都难以取得的成就，成为举世闻名的"阿拉伯文学之柱"，理所当然的是一位征服黑暗的人。但是仅是这样理解，似乎还肤浅了些。称他为"征服黑暗的人"其实具有更深刻的内涵。这是因为塔哈·侯赛因不仅是一位举世闻名的文豪，他还是一位伟大的教育家、思想家。他不仅征服了自己眼前的黑暗，他更是为民族、为社会征服黑暗的人。这种黑暗就是愚昧、迷信、落后、无知。他认为，"知识如同空气与水一样，人人皆有权享有"。他在任教育部部长期间签署了免费教育法令，从而实现了他的"教育机会均等的主张"。他一生不肯随波逐流、趋时媚俗，不肯向命运屈服，不肯向权贵低头，不肯向传统势力、保守思想妥协，被认为是埃及乃至阿拉伯文化复兴与启蒙运动的旗手与领袖。

塔哈·侯赛因积极主张并身体力行向西方现代文化、文学借鉴、学习。他在很多方面打破了当时封建的复古守旧思想的框架，在很大程度上摆脱了传统宗教偏见的束缚，所以在埃及、阿拉伯本土至今对他的评价仍是褒贬不一。一些宗教极端分子至今还认为塔哈·侯赛因这类人是崇洋媚外、离经叛道的异类、内奸。其实，塔哈·侯赛因在反对守旧复古的同时，也反对"西方欧洲中心论"，他曾说过："如果我们说欧美尽管他们现在很优越，但他们的一切优越、一切科学都要归功于中世纪阿拉伯人传到欧洲去的那些丰富、持久的文化根底，那我们绝不是在过甚其词，也不是在吹牛胡说。我们应该毫不客气地要求欧洲人——我已经多次要求过他们——向东方还债而不要赖账，要让他们感到阿拉伯东方对他们是有恩的，对此他们应当称赞、感谢，而不应妄自尊大、胡作非为，更不应对那些向他们施过恩、让他们懂得何为恩惠、何为文明的人以怨报德！"他认为，东西方文化是要互补的，应当相互交流，既要"拿来"又要"给予"。他反对复古守旧，但同样反对全盘否定阿拉伯古代文化遗产，而主张对西方文化、文学的借鉴应与传承、弘扬本民族的优良文化传统结合起来，取其精华，去其糟粕。

在我看来，在阿拉伯现代文学史上，只有埃及的塔哈·侯赛因与黎巴嫩旅美派的纪伯伦的地位，可与鲁迅先生在中国现代文学史上的地位相比拟。

了解了塔哈·侯赛因这位"阿拉伯文学之柱"与"征服黑暗的人"在埃及乃至阿拉伯现代文学史上的地位与影响，我们就不难理解，为什么《鹧鸪声声》这样一本薄薄的小册子，会被阿拉伯作家协会选为"20世纪105部阿拉伯最佳中长篇小说"之一。如同一篇短篇小说《祝福》会成为鲁迅的代表作之一,这是因为塔哈·侯赛因在这部篇幅不长的中篇小说中,写出了在愚昧、落后的封建传统礼教统治、在各种邪恶势力的压迫下,埃及农村妇女的悲惨遭遇,表现了作者对身受重重压迫的劳动妇女的深切同情,对残害妇女的封建礼教、传统习俗和邪恶势力予以无情的谴责和鞭笞。其实,《鹬鸟声声》这个书名按照阿拉伯原文直译的话,应是《鹬鸟的"都阿"》。"都阿"是个由阿拉伯原文音译而为我国回民或穆斯林所熟知的经堂词汇,意思为祈祷、祝福等。其实在阿拉伯文中,"都阿"(du'ā')这个词,意思会根据其后所附的介词不同而不同:其后的介词若是"li",其意就是(为……)"祝福""祈祷";但若是其后所附的介词是"alā",其意则是(对……)"诅咒"。从这个意义来讲,我们可以认为,《鹬鸟声声》一方面是对那种愚昧、落后的传统礼教、各种邪恶势力及其社会的诅咒,另一方面,则是为牺牲于这种传统礼教与邪恶势力屠刀下的姐姐胡娜迪的祈祷,为本想为姐姐复仇但却坠于爱河、挣扎于情与仇的困扰中难于解脱的妹妹阿米娜的祝福,祈愿这种悲剧不再重演。

顺便再啰唆几句。我在开罗的时候曾看过 1959 年据这一名著摄制成的同名影片。女主角阿米娜的扮演者是法婷·哈玛玛(Fātin Hamāmah,1931—2015),她被称为是"埃及影坛女士",相当于"终身影后"。她与后来去了好莱坞成了国际大明星的奥麦尔·谢里夫(Omar Sharif,1932—2015)合演的《我们美好的日子》。20 世纪 50 年代我国译制上映后,曾红极一时,给我留下深刻印象。影片《鹬鸟声声》男主角的扮演者是艾哈迈德·穆兹希尔(Ahmad Muzhir,1917—2002),他曾是埃及两位总统纳赛尔与萨达特在军校的同学;我国在 20 世纪 60 年代曾上映过译制的埃及影片《萨拉丁》,就是他主演的。1984 年(在《鹬鸟声声》中译本出版的同一年)埃及《艺术》杂志曾举行问卷公投,选出 10 部埃及最佳影片,《鹬鸟声声》荣登榜上,名列第六位,影片在埃及国内曾囊括最佳男、女主角奖、最佳女配角奖,以及最佳导演奖、编剧奖、制片奖。

好了!看来我的"狗尾'序'"续得也够长了。就此打住,且要把它夹起来。

是为序。

仲跻昆
2016年12月18日
于海南文昌

前　言

塔哈·侯赛因，埃及著名作家、文艺理论家和教育家，在阿拉伯现代文学史上享有崇高地位，被誉为"阿拉伯文学之柱"。

塔哈·侯赛因出生在上埃及尼罗河西岸的一个小村子里，他家境贫寒，三岁时双目失明。他天资聪明，13岁进入爱资哈尔大学学习经训和教律。1908年，塔哈·侯赛因转入新成立的开罗大学，学习历史、文学和外语，毕业论文一鸣惊人，荣获开罗大学的第一个博士学位。大学毕业后，他被政府派往法国留学，在第一次世界大战的隆隆炮声中，他刻苦攻读世界名著，潜心钻研欧洲文化，成绩优异。学成回国后，授任开罗大学教授。

塔哈·侯赛因担任过《文学杂志》主编、亚历山大大学校长、埃及教育部部长、阿拉伯语言学会会长、阿拉伯国家联盟文化委员会主任等职。1956年埃及作家协会成立后，他一直担任作协主席。

20世纪初，埃及人民反抗帝国主义入侵、争取民族独立的斗争空前高涨，文化战线上新旧之争也日趋尖锐。塔哈·侯赛因站在新文化运动的前列，一面翻译介绍国外文学著作，一面整理研究阿拉伯文化遗产，努力探索发展新文学的道路,积极为埃及的文艺复兴奔走呐喊。1926年,他著的《论蒙昧时代的诗歌》一书,全面阐述了自己的文学主张,认为对一切古代典籍都应采取分析批判的态度,提出"一切重新开始"的口号。他的主张被保守分子视为"离经叛道",遭到攻击,致使作品被查禁。塔哈·侯赛因并未气馁,他身处逆境,继续奋斗,声名愈振。

在整整半个世纪中,塔哈·侯赛因尽管双目失明,却以惊人的毅力创作了许多优秀作品。其中小说有《日子》《鹬鸟声声》《苦难树》《失去的爱情》《大地受难者》《山鲁佐德之梦》《真实的诺言》等,散文集有《春夏行》《来自远方》。这些作品在阿拉伯世界具有广泛的影响。

塔哈·侯赛因由一个被人怜悯的盲童成为一位受人尊敬的大文豪、教育家,这在阿拉伯文学史乃至世界文学史上都是罕见的。虽然他始终未能突破唯心主义和改良主义的藩篱,但他在埃及古代文学和现代文学之间、在阿拉伯文学与世界文学之间的桥梁作用,他在文学艺术领域所达到的成就以及他对阿拉伯现代文学的深远影响,无疑都是一座丰碑。

《鹬鸟声声》写于1934年。当时,埃及人民正处于殖民主义和封建主义的双重压迫之下,生活贫困,文化落后,妇女的境遇就更惨。这一时期的进步作家多以妇女解放为题材,满怀同情地描写妇女愚昧无知、备受凌辱的悲惨遭遇,热情歌颂那些敢于同愚昧、落后、封建礼教以及各种邪恶势力抗争、追求自由与平等的新女性,从而鞭挞黑暗社会与腐朽势力,为民族解放运动做了思想上的准备。塔哈·侯赛因的《鹬鸟声声》就是这样的代表作之一。

《鹬鸟声声》写了三个农村妇女的不同遭遇。母亲宰赫拉被无情无义、道德败坏的丈夫所遗弃,颠沛流离,流落他乡。后来,她的一个女儿惨死,一个女儿出逃,落得孤苦伶仃,孑然一身。大女儿胡娜迪给人当用人,与青年主人相爱,被守旧、残忍的舅舅杀死。妹妹阿米娜为了追求自由，只身出逃，经受了种种磨难，终于赢得了人的尊严，赢得了爱情。但是，社会地位的差异，阶级的偏见以及封建礼教的不容，使她和青年工程师之间的爱情将成为另一场悲剧的开端。作者以一颗善良的心，通过对主人公阿米娜坎坷命运的描述，对生活在最下层的劳动妇女寄予了深切的同情和希望，而对残害妇女的封建礼教和邪恶势力给以无情的谴责与鞭笞。

作为一部文学作品，《鹬鸟声声》的艺术特色主要是语言美。塔哈·侯赛因是一位公认的语言大师。他的小说，熔诗歌、散文、故事于一炉，充满诗情画意，别具一格。阿拉伯著名诗人赫利勒·穆特朗曾这样赞叹过塔哈·侯赛因驾驭阿拉伯语的才能：

阿拉伯语啊，你真荣幸！
你把自己的一切奥秘都交给了塔哈先生。
他从你的花园里，
采来朵朵鲜花，芬芳温馨；
他从你的海洋里，
捞起颗颗珍珠，剔透晶莹；
他从你的金矿里，
淘出粒粒金沙，把词句铸成。

译者学浅笔拙，难免不使珠光色减，甚者点金成铁。谨请读者见谅，有识者指正。

译 者
1982年9月18日

引 言

本书获得大诗人赫利勒·穆特朗[①]的赞赏,并蒙赠诗一首,深感荣幸,不胜感激。这首诗充分显示了诗人高尚、善良的一颗赤心。我不愿得而私之,使那些喜爱高雅诗歌的朋友享受不到;更不愿因虚伪的谦恭而湮没诗人的这一美德。

> 你使这鹈鸟声声,
> 在世上永远传诵。
> 这叫声萦回心际,
> 引起人们的共鸣。
> 它诉说着荒漠中的悲剧,
> 听来令人悲愤伤痛。
> 夜茫茫旷野万籁俱寂,
> 静悄悄只有行旅动静。

[①] 赫利勒·穆特朗(1871—1949),生于黎巴嫩的巴勒贝克,后移居埃及,素有"两国诗人"之称。是近代阿拉伯最负盛名的诗人之一。——译者

深沉的黑夜紧闭双眼,
不忍睹行将爆发的罪行。
惊恐的小鸟声声悲叫,
预告着一出悲剧即将发生。
那叫声似一支支带火的箭,
穿人心肺,叫人心疼。
无辜少女的灾祸催我泪下,
她惨遭杀害,正当妙龄。
杀害她的凶手自以为,
这是在维护门风、贞节、德行!
而我却对这种惨状,
满怀悲伤,愤懑不平。
人非草木,岂能无情!
姻缘错综,实难料定。
人心既然相似,
就该相通感情!
可叹这悲剧不止一桩,
多少同样的事件在埃及农村滋生!
这故事是那样娓娓动听,
语言又如露珠般晶莹。
写来自然流畅清如水,
读来胜似美酒沁人心。
阿拉伯语啊,你真荣幸!
你把自己的一切奥秘都交给了塔哈先生。
他从你的花园里,
采来朵朵鲜花,芬芳温馨;

他从你的海洋里，
捞起颗颗珍珠，剔透晶莹；
他从你的金矿里，
淘出粒粒金沙，把词句铸成。
这部著作奇迹般从天而降，
给人教诲，引人入胜。
不愧是当代文苑的一朵奇葩，
多么娇艳，多么新颖！
散文的形式，诗的意境，
诗歌也要妒忌散文的才能。

目录 ....→ 001

第一章 / 001

第二章 / 005

第三章 / 011

第四章 / 015

第五章 / 021

第六章 / 027

第七章 / 035

第八章 / 039

第九章 / 043

第十章 / 049

第十一章 / 065

第十二章 / 061

第十三章 / 065

第十四章 / 071

第十五章 / 077

第十六章 / 081

第十七章 / 087

第十八章 / 091

第十九章 / 097

第二十章 / 101

第二十一章 / 107

第二十二章 / 111

第二十三章 / 113

第二十四章 / 115

第二十五章 / 123

第一章

夜深了。他在黑沉沉的夜色中朝我鬼鬼祟祟地走来，像蛇又像贼。他没料到我会站在这里对他笑脸相迎。他一走进房门，发现我像一个幽灵似的站在屋子中间，苍白的脸上挂着一丝微笑，便不由地愣住了，后退几步，强作镇静道："怎么，你还没睡呀？你知道现在什么时候了？"

我说："快半夜了。主人没睡，我是不该睡去的。谁知道，也许他有什么事呢。"

他的神色镇定下来，于是又操起平素他那无耻和戏弄的腔调道："我从没见过一个仆人像你这样体贴主子，等他等到深更半夜。我还以为你也跟以前的女用人一样，早就睡着了呢，那可得费点劲儿才能把你弄醒。我真不明白，仆人的觉为什么睡得那么沉，跟死人似的。"

我说："等候主人，省得他费力劳神，这我从开始伺候那些夜不归宿的达官贵人时就习惯了。老爷有话请吩咐！"

他流里流气地笑着，说："你的主人让你跟他走。"边说边向我伸过一只手来。当时，我若是能够，真想砍断这只手！然而我只躲闪了一下，不让他抓住我。

我跟在他后面向他的房间走去。

亲爱的小鸟，我在，我在这儿！我还在睁大双眼，期待着你的到来，等候着你的呼唤。我怎么能睡得着呢？只有感到你在身边陪伴，只有听到你婉转的鸣叫，只有答应了你热切的呼唤，我才能进入那甜蜜的梦乡。二十年来，我不是早已养成了这个习惯？

亲爱的小鸟，我在，我在这儿！每当更深夜半，万籁俱寂，生命沉入梦乡，一切生灵全都安然无恙、无忧无虑、悄无声息地沉浸于静谧的黑夜之中的时候，我多么喜欢听到你的声音啊！

你的声音多么像一个灵魂的呼喊！它使我想起我那屈死的姐姐。你我亲眼看见她倒毙在那恐怖的夜晚，横死在那漠漠旷野，叫天天不应，呼地地无声！

亲爱的小鸟，我在，我在这儿！如果你有和善的品格，靠近我吧，假若你有可亲的天性，亲近我吧！让我们一起回忆我们共同目睹的那场悲剧吧！我们既无力抵抗也未能劝阻的那场罪恶暴行，它使一颗纯洁的心毁灭了，使一腔无辜的鲜血流淌了。

那时，我们只有一声声地呼喊。然而，喊声只在旷野回荡，钻不进一只耳朵，拨不响一根心弦。当喊声飘入云天的时候，那破碎美丽的身躯已经葬入墓穴——那早已准备好了的土坑。然后是撒土，填坑。你叫，无人应；我呼，无人救。一个老妇躲在一边，默默地流泪。一个老头站在不远的地方，把那块地弄平，再洒上水，使它复原。事完之后，他稍立片刻，揩去身上的血迹，掸掉衣上的尘土，然后高声叫道："走吧！我们该走了。"

亲爱的小鸟，自那以后，我俩就订下誓约，每当夜半，我们要一起追忆这场悲剧，誓为被害的姑娘报仇雪恨。我们还相约，即使报仇雪恨之后，还要一起追忆这场悲剧，纪念那个无辜的冤魂，庆祝复仇的胜利。那时，那个犯罪的恶棍将受到应得的惩罚，那颗渴望向糟践了她的人讨还血债的心才会安息。

  亲爱的小鸟，我在，我在这儿！多少年来，我们都在午夜相会，进行这种交谈。亲爱的小鸟啊！你能让我把这交谈的内容向人们诉说一二吗？但愿他们能从中汲取教训，使得那一颗颗纯洁的心灵不再遭到残害，使得那些无辜的鲜血不再白白地流淌。

第二章

鹬鸟的叫声渐渐远去，消失了。夜复宁静，仿佛周围一切都凝固了，只有钟摆声有节奏地从近处传来，还有那颗悲伤的心在忐忑不安地跳动。我慢慢平静下来，尽量使自己同周围的一切协调起来，然而很难。我巡视了一下屋子里那些奢华、讲究的摆设，目光转向对面的镜子，在明亮的镜面上注视片刻。一副虽非仙姿国色，但却不失秀丽、丰润、苗条的身影映照得清清楚楚。嗨！我何必让死物一样的镜子告诉我自己的形象呢？它既无知觉，也不会表达。我已经不知多少次地看见了自己的形象，不是在这面镜子里，而是在那些最敏感，又最能表达人们心声的"镜子"——眼睛里。

今天，我就从不止一个人的眼神里看到了自己的形象。那些眼睛总是先向我瞟上一眼，接着又注视一会儿，然后就凝眸不动、盯住不放了。每当我从那些欣赏带着渴望和邪念的眼睛里看到自己的形象时，我对他们那副样子、那种感情既无反感，也不厌恶，更不想去克制由于男人们的欣赏和贪恋所引起的那种女性的得意和自负。

我站起身来，在房间里长时间地走来走去。然后我在摆满房间的豪华家具旁边停住了，仔细打量着它们，并非欣赏，也没有觉得有什么了不起，只是心里嘀咕着："难道这一切能是我的，归我所有吗？难道镜子里照出来的那个身影，今天中午在咖啡馆喝茶时，许多羡慕的眼光所注视的那个人真是我吗？"我陷入遐想——即使是深更半夜，我也可以伸手去按身边的电钮，之后就有人敲门，我刚说进来，就会有一个俏丽、苗条、打扮得挺漂亮的侍女应声走来。不管夜有多深，只要我还没睡，她就不能睡，我不发话，她就不敢上床。

我来到窗前，一打开窗子，看到那些沉睡的树、芬芳的花和树杈间酣梦中的鸟儿，顿觉心旷神怡。啊！这一切才是属于我的，纯粹属于我的。没有谁来分享，没有人同我相争，我可以任意摆弄它们而无人过问！

这种种幸福的景象印在我的脑海里，使我感到安逸与自信。随即，我又感到一种莫名的骄傲，因为我仿佛又看到二十年来自己的形象：一个贫苦无告的少女，不幸和绝望把她折磨得不成样子，在她脸上投下了一层丑陋的阴影。我又想起了那场悲剧，那场我刚才和亲爱的小鸟谈及的悲剧，不禁勾起我心底的痛苦与忧伤。

人世沧桑，生活中该有多少鉴戒和教训！我现在讲述的这一切是当年那个姑娘所不能也不可能想到的。

那个姑娘本名叫阿米娜，现在改名叫苏阿德。这个名字很美，既通俗，又文雅。

阿米娜是个贝都因①姑娘，母亲带着她和姐姐胡娜迪来自一个游牧部落，或者说是来自一个半农半牧的山村。这个村子坐落在靠近西部沙漠的一块沃土的边沿。

这些山村的居民，原先都是沙漠地区的游牧民。他们来到村落附近，学着过定居生活。后来，一批接一批，后浪推前浪，有些人留下来定居，成了这些山村的村民。另一些则缓缓地一个地方一个地方地

---

① 贝都因，音译，意思是埃及西部沙漠的游牧民族。——译者

向前移动，直到沙漠的边沿；或是这类半农半牧的山村的边缘，一直向城郊地区靠拢。于是他们来到了他们称之为"海"的运河岸边。据说那条运河还是古时候优素福①挖的呢。过了"海"之后，他们之中，少数人仍继续游牧，大多数则从事农耕，变成了农民。

母亲宰赫拉和她的贝都因丈夫带着两个女儿——阿米娜和胡娜迪就生活在这样的一个村子里。这个村子原先很可能是以一个游牧部落或家族的名字命名的，叫作"白尼·沃尔卡尼"，意思是"沃尔卡尼族"。这里的人总把开口符"艾里夫"发成"亚"②的软音，结果念走了音，成了"白伊乃·沃尔凯尼"，意思是"大腿之间"。于是村名成了村民们忌讳的奇耻大辱。乡亲们都为这个村名感到羞耻，谁也不愿意说自己是这个村的人。特别是为做买卖不得不进城的时候，一提起他们的村名，就会惹得人们哄堂大笑，玩笑开得很难听，使得那些还不习惯于城里人诙谐、逗乐的贝都因人大为恼火。

我们住在姥姥家，过着平庸的小康生活。母亲的那个人口众多的娘家颇受大家尊重，母亲为人也好。但是我们的父亲却不是一个规规矩矩的人，而是一个专门喜欢调戏妇女的好色之徒，时常干那为正直的男子所不齿的勾当，而且肆无忌惮。村里村外，他到处招惹是非，让人为他提心吊胆。

当时，在这些灾难中，最不幸的要数我们的母亲了。她的一颗心忍受着痛苦的折磨——当她整天整夜不见丈夫人影、独守空房的时候，她是多么忌恨抛弃她的丈夫，对她那放荡的男人又是多么担心啊！尽管他胡作非为，她还是爱他的。她知道，由于他一味地拈花惹草，他为自己树立了多少可怕的冤家对头。她担心这一切会对两个女儿的生

---

① 优素福，系《古兰经》故事人物，即《圣经·旧约》中的"约瑟"。据说他幼年时，为父所宠，诸兄所妒，被兄长丢弃井中。经过路商队救出，卖到埃及，后受法老重用，擢为宰相，主管粮仓。其兄买粮，相遇，他不计前仇。——译者
② "艾里夫""亚"，是阿拉伯文的两个字母。——译者

活和美好前途招来不幸。

果然，一天夜里，正当她跟往常一样，被忌妒、惶恐折磨得辗转反侧的时候，突然传来了丈夫的死讯。后来，事情一点一点弄清楚了，原来她丈夫在一次罪恶纵欲中做了牺牲品。无仇可报，更无从上告，奇耻大辱降临在这个不幸的女人和她两个可怜的孩子头上。一时间，全家人都厌恶起这几个女人来，不愿让她们再待在家里，给了她们一点儿少得可怜的钱，讲了不少废话，把她们赶出了家门，迫使她们离乡背井，在外边流浪，在痛苦与绝望中奔波。她们无依无靠，没有立足之地，有的只是一个颇有几分姿色、让男人们动心的寡妇和两个不懂世故的可怜少女。

灾难伴随着她们从一个村子转到另一个村子，从这个庄子转到那个庄子，她们尝尽酸甜苦辣，就是安居不下来。最后，她们来到这座人烟稠密的城市。一条铁路从市中心穿过，把城池一分为二。一个可怕的怪物从铁路上跑过来，冒着烟，喷着火，发出巨大的吼声和刺耳的怪叫，人们叫它火车。就像牧民和乡下人有时骑骆驼，有时骑毛驴，更多的时候步行一样，人们乘着这家伙出门。

在这座城市的一个郊区，母女三个安下了身。一位老村长留她们住了一宿，然后又给她们找了一间肮脏狭窄的小泥屋，安顿她们住下，说好每月交付十个皮亚斯的房租。安置好之后，老村长对母亲说道："这儿的活路多得很哪！你带着女儿到那些有钱人家去讨生活吧！那些人不耕不种，有的在政府里做事，有的干糖厂营生，有的在警察局当差，有的在法院工作，有人是水利工程师，有人是筑路工程师……要不，到商人那里去，那些老板不像农民那样出卖五谷杂粮，货也不是从农村或者小城镇贩来的。他们卖的全是开罗来的好东西，你们晓得吗？开罗，那里的人不像我们这样讲话，也不像我们这样生活。

"这些商人出售布匹、鞋子、家具。他们把这些东西从开罗运来，再弄到小城镇和乡下去卖,从中大发横财。要说他们的生活,那可是王公贵族的生活!人家不在地上吃饭,哪儿吃?桌子上,嘿嘿!杂粮那是一点儿不沾,净吃白面包。铜盘多好,可人家嫌次,讲究用瓷盘。女人们哪能随随便便出门?都得用丝绸衣服裹好,面纱蒙得严严实实的才能出来。她们鼻子上装饰的都是用真金做的——不是真金也是镀金的银子做的首饰。

"这些当官的和阔老板过着安闲自在的生活,哪家不要雇仆人?你带着两个孩子到这些人家去找点活儿干吧!"

村长说着,又给母亲念叨了一些人的名字和他们的家境,还答应帮我们的忙。

几天过去了,但是很难熬。每天,母亲带着我们姐妹俩在有钱人家出出进进,求爷爷告奶奶,任人看来看去,求人家雇用。

几天以后,我们终于都找到了主儿,安定下来了。白天在那里干活,晚上就睡在那里。周末见面,母女三个在那间又脏又小的屋子里挤上一夜,倒格外觉得幸福、愉快。我们带着自己的饭,围坐在一起,一边吃饭,一边拉家常,先是念叨亲人、故乡,然后便议论男主人长、女主人短的,直到半夜,大家才进入甜蜜的梦乡。第二天一早,我们便分手,到各自的主人家去干活儿。

第三章

在我们三个人里，我的运气算是最好的了。我在警察局长家里干活儿。开始，我觉得活儿很累，也不习惯。但没过多久，我就喜欢上这个工作了，发现它既轻松又有意思。我服侍局长家的小姐，她和我年纪相仿，也许比我稍大一点儿。

起初，我陪她玩，但不能和她一起玩；陪她上学，又不能同她一起学习。下午，家庭教师来给她上课，我得陪伴她，却又不能和她一样听讲。我是她的侍从，只能站在远处，盯着她，听候她使唤，她做什么，我都不能参与。不过，赫蒂彻是一个心地善良、性情温柔的姑娘，她总是容光焕发，满面春风，和蔼可亲。没有多久，我们之间就变得无拘无束了。她让我和她一起玩，同我聊天，讲体己话儿。姑娘也不吝啬，时常把母亲给她的糖果或买糖果的钱分给我。

就这样，我们两个成了好伙伴。开始，女主人很不乐意，后来也只好听之任之了。我常常跟姑娘一起上学，一块儿听课，受到同样的教育。有时，她把衣服赏给我穿，我们的打扮也差不太多。看看她，再悄悄瞅瞅镜子，我简直看不出我俩有什么区别。只是她讲一口悦耳动听的开罗话，我说的却是土里土气的"白尼·沃尔卡尼"乡下的方言土语。我时常在心里默默地模仿赫蒂彻说话，自己觉得模仿得挺不错。我曾不止一次想高声学她说话，但话到嘴边，又咽了回去。后来，我有好几次在母亲和姐姐面前大声学这种腔调说话，结果每次都惹得她们大笑不已，笑得我怪难为情的，只好又去讲乡下土话。

我和赫蒂彻一起度过了两个年头。在这两年里，我没吃过苦，也没受过累，反而懂得了吃、喝、打扮，染上了不少富豪人家的习气。在这两年里，我和母亲渐渐疏远了。母亲在一个法院职员家里干活。这个职员家境一般，过着近乎农民的生活。我和姐姐也越来越疏远了。她在一个水利工程师家里干活。工程师是个风流倜傥、仪表堂堂的青年，独身一人住在一座宽大舒适的楼房里。楼房四周是花木茂盛、精巧别致的花园。有一个农村来的仆人替他看家，收拾花草。我姐姐专门料理内务，照顾这位青年的饮食起居。每顿饭食都是从市里饭店买的，又可口又丰盛。每次吃饭，他都只用一点儿，其余的都留给了他的两个仆人。

很快，我发现姐姐长成大姑娘了，浑身丰满、圆润，光彩照人，显示出女性的美。不过，她终究脱不了乡土气，到底还是个贝都因姑娘，目不识丁。哪像我，又会读又会写，就是论吃喝打扮，她也一窍不通，不如我在行。

一天傍晚，我们又在那间肮脏简陋的小屋会面了。这阵子，我已经讨厌起这种聚会了。这间屋子，我简直待不下去，我真不想再来。心想，要是能不时地到母亲和姐姐干活儿的地方去看看她们，该有多好！可是，母亲很固执，说一不二，一点儿不想改变她的习惯。这样，我们还是每周得在这儿见一次面。每次相见，她俩总是有说有笑，乐在其中。而我只是强颜赔笑，勉为其乐。

那天傍晚会面，我没有看见往日的喜悦和笑脸。没有发现一点儿欢欣与快乐，只是感到一种令人不安的沉默。眼前是两张凄怆阴沉的脸，母亲的两只眼里仿佛滚动着泪珠。我想问个明白，用胳膊肘碰了碰姐姐，不料她却扭过头去，背朝着我。母亲示意我不要问。

我不明白，这种苦闷原因何在，也不清楚，这番烦恼的根源在哪儿。就这样，我们相对无言地过了很长时间，真让人纳闷儿。

"明天一早，我们就离开这座倒霉的城市！"

忽然，沉默打破了，被母亲的一句话打破了。这句话，对我来说，不啻一声霹雳，使我呆若木鸡。直到第二天清晨，我什么话也没听进去，什么事也干不下去。姐姐当时听了，却不知为什么一声不响，抬眼朝天望望，陷入沉默、悲伤、苦闷之中。

听了母亲的话，我真想表示反对、拒绝，和她争吵一番。想到母亲说话的声音，那么忧伤，那么凄切，叫人心都要碎了，我还能说什么呢？

我想起她一辈子跟她那放荡不羁的丈夫所受的罪；她的那颗心曾受过妒火的煎熬、屈辱的折磨、还有担惊受怕……

我想起，当她得知丈夫死去、而且是不光彩地死去的消息时，这突如其来的灾难使她瘫倒在地。

我想起，她那无止境的苦难：亲人对她翻脸无情，把她赶出家门，任她同两个女儿离乡背井，前途渺茫。那时，她就像一个落水者，挣扎在痛苦的深渊里。

想到这些，我怎么去反对，去争吵？除了顺从，我还能做什么表示？！

天晓得！整整一夜，我翻来覆去，没合过眼，我心里烦躁极了。直到早晨，母亲起来，吩咐我们准备上路，我才说：

"我们对主人就这样不辞而别吗？"

母亲用平静而忧伤的语调说："要是你不愿意离开他们，就留在这儿吧。——我们走。"

我哭着说:"我跟他们是有点儿难舍难分,可我不能留下。我们一同来,自然还是一起走。我只是想走之前再看赫蒂彻一眼。"

她说:"你要是去看她,就回不来了。她老子不是警察局长吗?既然他女儿跟你形影不离,不愿分开,他会放你走吗?"

我说:"那咱们就走吧!"

没走几个小时,我们就出了城,穿过一个个村庄,径直向西走去。直到累得走不动了,我们才停下来,歇一宿,等着天亮。

第四章

亲爱的小鸟,我在睡梦中听到了你的叫声。梦中,我看见了一幅幅熟悉、逼真的画面:赫蒂彻在玩,并招呼我跟她一起玩,太太在发号施令,上上下下、来来去去地忙着安排家务;刚到晌午,那位局长大人回到家来,全家人顿时忙乱起来;忙乱过了一阵才又安静下来,家人们全都腾出手来,去照顾这位老爷,服侍得周到体贴,好像这些人生下来就是专为侍候他似的。

还有许许多多景象,都是刚刚逝去的幸福岁月里我所经历的。然而小鸟的叫声把我从甜蜜的梦境中唤醒,把我带到了痛苦的现实之中。我还没睁眼,就感到睡铺是那样粗糙、硬邦邦的。真是,这粗毛毯子铺在凹凸不平的地面上,哪能同那张松软、平展的床铺相比!在警察局长家那间豪华漂亮的屋子里,离赫蒂彻床位不远的地方,他们就给我铺了那样的一张床。这破旧毛毯和这块粗糙的地面使我想起,我们这是睡在村长家的屋顶上①。睁眼张望,头上无遮无盖,只有天幕垂空。若不是残月闪烁着微弱的光亮,我们就要被黑暗完全淹没了。

---

① 埃及和大部分阿拉伯国家炎热少雨,房屋多为平顶,可睡人。——译者

是的，我记起了我们是怎样来到这个村子的。那是昨天傍晚，我们走得精疲力尽，坐在桑树下歇息了好长时间，谁也没开口。大家都忧心忡忡，很不痛快，谁也不想说话。后来还是母亲说道："咱们总不能在这树下坐一宿。在这个村子里，我们一个熟人也没有，也没有人认识我们。我看，除了村长，谁也不会收留我们；村长的家门无论白天还是夜晚对找上门来的外乡人总该是敞开的。"

说完，她勉强站起身来，我们也跟着起来，随她慢慢向村长家走去。一路上，她没有向别人打听，也没请人带路，倒好像她早就认识村长家似的，径直走去。到了那儿，只见房前的石头台子上坐着一伙人，其中有位长者，一望便知他就是村长。我们走过去，人们的目光自然地投向我们。母亲向那位老成持重的长者平心静气地说道："村长，天这么晚了，给我们这几个过路的外乡人找个地方住一宿吧！我们明天一早就走。"

"欢迎呀！"老人说道，随即叫过一个少年后生，吩咐道："带这几个女人到客房去，给她们找个住处，招待招待她们。"

我们跟着少年来到客房，只见房子不大，前面的院子倒挺宽敞。少年把我们领进一间屋子，说："你们就住这儿，等着给你们拿饭来。"

我们很快就跟住在这里的客人、仆人们相识了。她们相互之间处得很融洽，倒好像她们全都是这儿的主人似的。渐渐，我们搭上了话，同她们混熟了。

吃了一顿粗茶淡饭，又闲扯了一阵，然后大家分手，各自回房歇息。有的图凉爽，睡到屋顶或院子里；有的很谨慎，就睡在屋子里。

姐姐想到房顶去睡，正合我意，我就陪她去。准备睡觉了，我心里想，和姐姐单独在一起，也许她会向我透露一点儿她的心事。

我刚坐到她跟前，想跟她搭话，她却又像昨天那样，冷冰冰的，不肯理我，后来竟扭过脸去，一声不响。我靠近她，尴尬地站在那里，不知如何是好。

我回到自己铺上，仰面躺着，让我的心在广阔的夜空中驰骋，借以排遣那令人费解却又压在我心头的忧愁。没过多久，睡意犹如一股激流向我卷来，我不能自持，陷入这激流中，盘旋、漂荡，直到小鸟把我叫醒。

这一切都是在我醒后的刹那间记起的。当我试图辨明我在什么地方、怎样来到这里的时候；当我睁开双眼，环顾四周，审视自己的时候；当我伸展双臂，伸直双腿，想使我的身体恢复活力、抹去这块粗糙的地面留给她的酸痛的时候，记起了这一切。

我清醒了，就跟入睡前一样清醒。离我不远的地方好像站着一个人，仔细一看，正是我姐姐，她泥塑般一动不动地站在那里。

那是一个茫然若失的形象。她痛苦而痴痴地站着，仰面朝天，仿佛在期待着什么，像是她所期待的东西迟迟不来，她才等在那里，不忍离开。

亲爱的小鸟，你悠远而甜蜜的叫声回荡在宽广深邃的夜空，它钻进我的心房，使我的心复苏跳动，在我心中唤起种种回忆，给我希望与活力。但是，你的声音却似乎没有进入姐姐的耳朵，她还是那样茫然，那样无动于衷。可她并不是聋子呀！我从未见过她如此忧伤。她原是个活泼、快乐、喜欢说笑的人哪！真的，无须别人逗她，她总是成天有说有笑的。如今，从前的胡娜迪在哪里？她总是这么呆若木鸡般地站着，她是怎么了？难道她也像我先前那样，有意让自己的心在夜空中自由飞翔，飞得很远很远，只留下个没有灵魂的躯壳不成？

我悄悄站起，慢慢走到她跟前，轻轻抚摩一下她的肩膀。她像触电一样，全身一阵剧烈战栗，惊跳起来，听到是我的声音才镇静下来。

"别怕，我是妹妹阿米娜。"我说，"你怎么在这个时候，一尊塑像似的，失魂落魄地站在这里？你在黑夜里等待什么？你向天空祈求什么?"

她像一座倒塌的建筑那样瘫坐在地上,声音颤抖而忧伤。至今我一想起那声音,心跳得像被撕碎一样剧痛。"我不等待什么,也不祈求什么。"

她身子一抖,又战栗了一阵,随之泪如泉涌,夺眶而出。她憋住声,哽哽咽咽,激动得气喘吁吁。我跪在她跟前,抱住她,吻她,尽力想使她平静下来。过了好一阵,她的身子才平静下来。她叹了口气,让泪水任意流淌,像慈母怀里的孩子,偎依在我臂弯里,头靠在我肩上。就这样,过了一会儿——我没有忘记,也绝不会忘记这"一会儿"的幸福。我发现她也感到了同样的慰藉——她的情绪安定下来,恢复了理智,不再哭了。我这样待她,她感到很欣慰,像是发现了一种她渴望已久而没有得到的东西一般。她依旧靠着我,用微弱的声音说道:"妹妹,我多么希望不是伏在你身上,而是扑在母亲怀里得到这样的安慰。逗姐姐开心,给她温暖和爱抚,这原本不是你做妹妹的事呀!"

这是一个多么幽深不安的黑夜啊!渐渐消失的微光在天际摇曳,黎明前可怕的沉寂笼罩着一切,只有鹬鸟的叫声不时地像一支支发光的箭划破寂静的夜空。

一切都安静了,就连刚才还激动不已的姐姐此刻呼吸也均匀了,处于半睡状态之中。我强使自己的心也平静下来,尽量让自己的身子保持原来的姿势,好让这颗充满忧伤的头在这个幼小而舒适的肩上得到休息。

忽然,姐姐抬起头,坐了起来,伸出双臂,搂住我的脖子,吻着我说:"你呀!你可万万不能像我这样上当受骗,落到这步田地!要不,你就会像我现在这样,焦虑不安、走投无路,连仁慈的安拉都不会宽恕你!"

我说:"那么,你做了什么事?受了什么害?为什么如此绝望?这从未料到,突然落在我们头上的苦恼和忧愁到底是怎么回事?"

"我不知道是该告诉你呢，还是不该告诉你。"她一边吻我一边说道，"对你说了吧，你年纪还小，瞒着你吧，又怕我的悲剧在你身上重演。"

我说："你现在不说也无济于事。我知道，有一桩心事压在我们心头，悲愁使你和母亲心如刀绞，把你投入绝望的深渊。我总会不断地打听、研究、思索，直到弄清一切。你不想想，我同意放弃我原先所享受的舒适、幸福的生活，却又不想弄清楚这是为什么，那我岂不成了个傻瓜！你还是告诉我吧，把你的心事讲出来，也许我可以从中汲取教训，你也可以得到一点儿安慰。"

第五章

　　翌日，太阳已经升得老高，强烈的阳光照射着熟睡的胡娜迪。我俩互相搂抱着，火辣辣的太阳，坎坷的地面，家禽的喧嚣声，都没能搅动我们的酣睡。那些家禽，有的挤作一堆，抢食地上的谷粒，争饮盆中的清水，有的扇动翅膀，连飞带跑，你呼我应地叫个不停。清晨的到来，为它们增添了活力、生机和友爱的气氛，使它们显得格外活跃。

　　仿佛这一切都拼命要把我从沉睡中唤醒，我迷迷糊糊，只觉浑身无力，懒得动弹。忽然有个什么东西轻轻点了一下我的肩头，我醒过来，刚一睁眼，一动身子，便看到一只鸽子受惊飞起。它飞得很低，盘旋了一会儿就又轻捷地落在不远的地方。我坐起来，看了姐姐一眼，猛又想起昨晚我们之间的那番谈话，心中不由得充满了爱怜和忧伤。我望着她，她那疲倦的身体现在熟睡了，激动不安的心总算平静下来。安逸从她脸上驱散了那层惨淡的阴云，晨曦照得她那副圆润的脸蛋犹如带露开放的花朵，艳丽、俊美、动人。看着这张安详、美丽的面庞，真叫人赏心悦目，迷恋难舍。

　　就在我心中无限赞叹的当儿，我听到背后一个充满深情和伤感的声音，像是对我说道："你看，你看，你仔细看看，她有多美啊！"

我回头一看，只见母亲坐在那里，也在凝视那张脸，不用说，她脑子里浮现出与我同样的想法，心里怀着和我同样的感情。我说："你坐在这火辣辣的太阳底下干吗？"

"我在看你们俩，两张漂亮可爱的脸……"为了掩饰内心的痛苦，她赶紧站起来走开了。

我站在那里，看看熟睡的姐姐，望望蹒跚下楼的母亲，呆呆地不知如何是好。不幸的姑娘，可怜的母亲，她们两个谁最值得同情、怜悯？谁最需要我的帮助、安慰？只怕是她们都需要。

这位无辜的姑娘先前从不知什么叫苦恼，如今却面临着可怕的灾难。这灾祸并不是她自己招惹的，她是被诱惑上当、身不由己呀！现在她像一个面临灭顶之灾的溺水者，在风浪中拼命挣扎，却又看不到一点儿希望。

正是在这种景况下，她从妹妹那里抓到了一根稻草，当作死里求生的一线希望。

那个可怜的女人还没有到老态龙钟的地步，但却已经过上了晚年的生活：青春早逝，享受不到生活的一点儿幸福和欢乐；忍辱负重，成天沉浸在悲伤与痛苦之中；心如死灰，萦回于辛酸往事回忆的旋涡里，不能自拔。她爱过，她的爱就像是一团燃烧的烈火！然而有什么用？她从自己爱人那里得到的只是欺骗和背信弃义！

她为过去忧伤，对未来不抱希望，眼前是得过且过。就是这样，新的灾难仍然向她袭来，而且比以往所遭受的灾难更深重，更可怕。她瞻前顾后，只觉得一团漆黑，无着无落。

娘家对她翻脸无情，乡亲对她冷若冰霜，家乡又不容她存身，她只能靠着自己一双手抚养两个可怜的女儿。不料，如今一个女儿骤然遇到莫名的不幸和不期的厄运，母女俩都成了可怜不幸的人。此时此刻,她们本应当相互同情,互相安慰。但是,这场严酷的突然降临的灾难恰恰为她们制造了隔阂。母亲怨恨女儿,女儿躲着母亲。母女之间简直无话可谈,谁也不理谁,只是靠着手势和小声的嘟囔来相互示意。假若两对目光偶然相遇,两个人便很快低下头,找个借口,各自走开。

我能使我那不幸的母亲和忧伤的姐姐恢复正常关系吗?我能使我们之间仍跟以往那样相亲相爱,毫不矫揉造作,不带丝毫的虚情假意吗?更要紧的是,我能知道我们现在是在哪里,又将走向何方,说一不二的母亲要带我们去干什么吗?这些,我得弄明白。我得跟在母亲身后,对她亲热点儿,耐心点儿,细细盘问,等弄清楚了,再说下一步。

我心里翻腾着这些念头,眼睛仍在注视着姐姐那张平静的脸,那安详的神情证明她依然沉浸在睡梦中。阳光的热焰,地面的粗糙,家禽的嘈杂都未能将她唤醒。

我懒洋洋地站起来到楼下去找母亲,很快就找到了她。在离楼梯不远的地方,她孤零零地一个人坐在那里,弯着腰,手指在地上画来画去,心事重重,似在追忆久远的往事。我走到她跟前,摸着她的头,故作调皮地说:"你在玩什么游戏呀?怎么不喊我一声?这种游戏一个人是玩不成的。"

她抬起头,望着我,忧愁地说:"孩子,你以为我在玩吗?"

"那你手指在地上画来画去干什么呀?"

我扶她起来,带她朝院子里一个僻静角落走去。她木然地跟着我,惨白的脸上流露出忧愁和温情,显得像个温顺的孩子。

到了那僻静角落,我感到自身有一股力量,仿佛我是母亲宰赫拉,她是女儿阿米娜。

"你要干什么?你想把我们带到哪儿去?去干什么?"我学着她的腔调,毫不容情地冲她抛出一串问题。

她流着泪说:"我不想干什么,我也不知道要把你们带到哪儿去,我只想带你们远离那座遭瘟的城市。"

"那么，到哪儿去呢？"

"看看再说吧。"

"看到什么时候再说呀？"

"我也不知道。"

"你应该知道呀！三个女人，终日在乡间流浪，出了这村，又到那乡，这个村长留我们过一夜，那个乡长也许就不收留。这好吗？"

"那你说怎么办？"

"既然你讨厌那座城市，非让我们抛弃那种安稳、平静的生活……"

听我说到这里，她大为光火，愤愤道："什么安稳！什么平静！这么说，你还不知道。"

"不，我都知道了。"

"啊！这个死丫头竟敢把这话讲给你听！难道她造了孽，被人糟践了还不够，还想拉你去陪绑不成！"

我尽量温和地说："算了，先别提她，还是说咱们的吧。既然你讨厌那座城市，不愿让我们在原先那些人家干活儿糊口，我看，咱就到哪个村子的财主家找点活儿干吧。"

她说："我也这样想过，不过恐怕不行。女人，一旦没有父亲、兄弟或者丈夫的保护，是很难安然无事过日子的。"

"那，我们既没有父亲、兄弟，也没有丈夫呀！"

"不！"她说，"我们是有人保护的。我们不该离乡背井，应该回去。我们回去，要让那些疏远和抛弃我们的人知道，他们这样做是可耻的！女人代表了他们的体面，他们应当保护她们的贞操，免得她们抛头露面、弄出伤风败俗的事。"

我说："那么，你是想让我们重新过那种凄楚和屈辱的日子吗？那些人我早看透了，他们鄙视你，假装同情，虚情假意。谈起你来，不是挖苦，就是嘲笑，或者装出一副比这更坏的慈悲相。"

"是的。"她说，"那也比我们现在的境遇强，总比我们这样到处流浪、走投无路要好一些。日子久了，那些使家人冷淡、亲戚疏远、亲者痛、仇者快的因素就会消失。不消说，我们一回到家乡，肯定会有人说三道四，但那些事很快就会被淡忘，我们仍然会像以前那样生活。和亲人们在一起，尽管苦一些，但总是安全的。"

"你想叫我们就这样一个村子一个村子地徒步回家吗？今天在这家住一宿，明天在那家过一夜，这算什么呀！临走时，你一味紧催，把我们的一点儿家当和干活儿积攒的一点儿钱全部撒在主人家了。"

"走着瞧吧！不会让你们俩受累的，也不会叫你们丢脸。我们先在这儿住下，等着来人接我们回去，回到亲友中去，找个安身之处。"

"这可能吗？"

"早上，我听说今天村子里逢集。"她说，"四乡的人都会来赶集。我去看看，不管是男是女，咱村的，还是邻村的，总不会一个熟人也找不到。找到了，请他给家里捎个信儿，不出一星期，你舅舅就会来接我们。"

我还想再谈下去，一场骚动打断了我们的谈话。几个女人端着盘子，提着篮子招呼大家吃饭。客人们听到招呼，蜂拥而去。我们也得赶紧去。我上楼去叫姐姐——她在长时间失眠之后睡去，是不大容易醒的。

我迈步上楼，刚刚踏上最后一个台阶，出我意料，她竟跟先前一样，面色苍白，茫然失神地站在那里。

第六章

住在客房里的女人,还有村子里那些吃不上饭的女人,此刻都拥了过来,摩肩擦背,推推搡搡,骂骂咧咧,你瞪我一眼,我瞪你一眼。其中也有人大声祈祷:"愿安拉降福主人,使他升官发财,无病无灾,诸事顺利。"

饥饿和礼貌同时左右着我们,我们面红耳赤,羞怯地向前走去。一阵混乱过去,人们终于围定了大盘子,谁也不再说话,只见一双双手在盘子里乱抓,一张张嘴填得满满的,又吃又嚼。

此情此景,真让我看不惯。瞧,这一双双皱得变形的粗糙的手与那些细嫩柔软的手多么不同呀!这些粗糙的手拿起大饼在盘子里搅来搅去,想尽量多蘸点儿油水;而那一双双柔嫩的手却总是轻轻地伸向盘子,用那些只有城里人才会用,而且是只有那些富贵人家才使用的精美餐具去碰盘中的食物。

这些大嘴与那些小口之间又有多大差别呀!你瞧,这一张张大嘴狼吞虎咽,似乎这些嘴巴、舌头、喉咙不是为了品尝食物的滋味,而只是一条通向腹内的甬道;而那些小口呢,总是微微地张开,细嚼慢咽,品尝回味,进餐对他们来讲,仿佛是一种需得小心谨慎、慢条斯理从事的艺术。

现在,我们挤在这伙人中间。这伙人与我原先服侍过的那家人多么不相同啊!在那里,当我看着一家人围坐在餐桌周围的时候,我觉得侍候他们吃饭是一种乐趣,这种乐趣不亚于主人吃过饭后我同别的仆人一道吃饭时所感到的那种滋味和乐趣。

此刻,我实在无力使我的手同这些手一起争食,不愿让自己的嘴与这些嘴抢吃,我只是坐着,坐在这些女人中间,厌恶地望着她们。我把大饼掰碎,不时地填一点儿在嘴里,借以搪塞一下那辘辘饥肠。母亲吃得也不多,愁闷和不好意思使她吃不下去。姐姐则失魂落魄地坐在那里,恍如隔世。

盘子空了,女人们三三两两地散了。我们也想找个僻静的地方歇一会儿。刚刚坐下,便有三个女人凑过来,没话找话,和我们攀谈。一位中年妇女举止潇洒、性情幽默,说话诙谐,讨人喜欢,她说:"我还没见过你们这样斯文的女人呢,光用眼睛和耳朵,不动手,不动嘴,也用不着舌头、喉咙和肚子。你们从昨天就跟我们在一起了,可还没见你们开过口,我们对你们一无所知。你们和我们一块儿吃饭,可又几乎不见你们伸过手。吃那么一丁点儿,好像看着别人狼吞虎咽,你们就饱了;听听别人谈话,你们就可免开尊口了。"说罢大笑。这笑声无疑楼里楼外的人都听到了,招来一阵轻蔑、放肆的嘲笑和戏谑。她笑够了,喘了口粗气说道:"女人的乐趣无非是享点儿口福或是说三道四,你们就这样对待这种享受吗?那你们也真太可怜了。"

说完,她转向母亲,用询问的目光逼视着母亲。母亲没有作声,她不知道该怎样回答这一连串劈头盖脸的问话,张口结舌,疑惑不安,眼睛刚一遇到那个泼辣女人的注视便垂下了,活像个被大人追问而又不好意思回答的孩子。

于是那女人转同我说道："你妈一言不发，你姐愁眉不展，不能指望她们说什么，还是你说说吧。我从你的眼睛里看出你的勇气，从你脸上发现你有股泼辣劲儿，很机灵。你说吧！你们是什么人？从哪儿来？出了什么事？为什么吃不下饭？什么事使你们沉默不语？"

在这突如其来的进攻面前，姐姐紧锁双眉，母亲一声不响，另外两个女人大笑不止。我不由得笑了笑，反问道："那么你是谁？你从哪里来？你又凭什么这样追问我们？"

那女人马上对她两个伙伴道："你们看，怎么样？我不是对你们说过吗，这可是个精明女子，一点儿也不含糊。她会听我的，也会回答我的。"然后转向我道："没什么，调查调查，听见了吗？调查！你会知道我是个什么人，会知道我惯于调查女人。有时呢，也不妨查问查问男人。不但问，还要打破砂锅——问到底。"说完又放声大笑，催问我们是什么人，从哪儿来。

这女人死皮赖脸地缠着我们，一阵软，一阵硬，时而严肃认真，时而插科打诨。她的两个同伙在一旁为她帮腔。终于，我们同她们混熟了，谈了好一会儿。我了解到她们的一些情况，正是这些情况，使我只要住在这里就不愿断绝同她们的来往。

她们都是我们刚刚离开的那座城市的人。她们乘车，我们步行，所以她们先一步来到这个村子。刚才那位问长问短、插科打诨的女人，原是个了不起的人。我后来才了解到，她很有点儿名气，不只在城里，就是在城外四乡也是无人不知、无人不晓的一个人物。

她叫朱奴拜，是位老于世故的女人。她的青春时代充满了风流韵事。由于她的放荡，使不少人神魂颠倒。她会跳舞，善卖俏，引得城里的青年人着迷，也使那些冬天到城里糖厂打短工的乡下佬如醉如痴。冬天是她最走运的时节，真是享不尽的快乐，挣不完的钱，名声也越来越大。后来，青春一过，徐娘半老，她才有所收敛，装得稳重一些，在她卖弄风情和轻佻戏谑之外罩上一层薄薄的严肃的面纱。不过，有些人还是能看穿这层面纱，为所欲为。

后来，她跟城里的警察当局挂上了钩，成了警察的耳目。她通过她所认识的青年和一起鬼混的男人，施展她走家串户的本领，可以打听到许多内情，了解到许多复杂事件的内幕，很多男人摸不透的底细，她能摸到。为此，她挣得了大笔的钱，也添了不少威风。人们都有点儿怕她，不得不时时到她那里烧点儿香。夜里出了人命官司，警察局长和他的助手们拿不到凶手、无计可施的时候，便常常去求助于她。她可以向他们提供许多她从青年俱乐部或者别人家中得来的情报。有人被盗，警察苦于找不到线索而一筹莫展的时候，也往往去求助于她。有时，城里和四乡瘟疫流行，政府有关部门到处查寻病号，进行隔离，而病人们又极其厌恶隔离帐篷，宁死也不愿去住。这时，朱奴拜便成了警察最得力的帮手。你看吧，她会像逐臭的苍蝇一样，忙忙碌碌，走街串巷，带着担架，挨门逐户把病人从家里抓走。这种时候，人们都恨透了这个讨厌的女人，却又不能摆脱她。见了面，他们一面对她满脸堆笑，一面却暗中诅咒瘟疫，为什么不让她染上病，把她用担架送到那可恶的帐篷里去！

朱奴拜从这些勾当中赚了一笔数目相当可观的钱。待上了些年纪，她便开始用这笔钱设法牟利。她有两手：一是放高利贷，借出一镑，一年后连本带利收回三镑；一是在城乡市场上廉价买进一些谷物，再高价赊销给穷苦人，从中渔利。年老色衰，青年人对她已经不感兴趣了，她自己也不再那么放荡，于是，挑来选去，她为自己物色了一个男人。那是个外乡人，刚到城里不久，给人家看门。此人长得五大三粗，高喉咙大嗓门，让人望而生畏；实则生性软弱，为人狡诈。朱奴拜把他当作丈夫，俩人臭味相投，过着法律承认而道义和宗教所不容的生活。城里人提起这个女人都深恶痛绝。我第一次见到她时，她正来村子里收购小麦、玉米、蚕豆，然后再拿去盘剥那些可怜的穷人。

朱奴拜的朋友赫杜莱也不好惹，她和朱奴拜一样，可以说是远近闻名。每当她进出这座城市，人们总要议论纷纷。男男女女既吃过她的苦头，也尝到过她的甜头。

她是个贩子，时常到首都去，从那里带回许多便宜的小百货。尽管便宜无好货，却吸引着当地的人，特别是女人。在城里，每一个有钱人家的大门都向她敞开着，她可以或明或暗地出入这些人家。这些人家的主妇十分乐意接待她，喜欢听她天南地北地大讲一通，有时也同她谈点儿体己话，也许还会托她捎个信儿，传个话儿什么的。一到冬天，尼罗河上的小货轮来往不断的时候，她就更加活跃起来。她到开罗买上货，搭轮船回来，坐三等舱很便宜。再说，乘船可以多带几箱子货，搭火车就没这个方便。她一回到城里，就成了人们谈论的中心。女人们都等着她的光临，当然，最有幸的还是第一个接待赫杜莱的人，她可以优先得到赫杜莱那里最好的商品，诸如各种香水，各色花布以及女人们所需要的可以在人前卖弄的小物件，特别是各种珍珠和玻璃镯子，女人们弄来戴在手上，颇可炫耀一番。不过，戴起来还得十分小心，弄不好就会划破手腕。赫杜莱从开罗回来的头一个星期，简直就是女人和孩子们的节日。女人们为她带来的装饰品和小百货兴奋不已，孩子们则为她带来的糖果和椰子欢呼雀跃。特别是她从开罗带回来的那些本市还不能生产的高级糖果，那么细软易嚼，香甜可口，不像本市出的芝麻糖、鸡豆糖，粗糙乏味，难嚼难咽，含在口里，连口水、牙齿、舌头都用上，还得费好大劲儿才能咽下。

赫杜莱对年轻姑娘的吸引力莫过于她给姑娘们带来的那些花头巾。姑娘们把头巾蒙在头上，花花绿绿，越显得妩媚动人。头巾下垂着辫子，辫子上是各种卡子和精巧的金属饰物，不只好看，走动起来，叮当作响，悦耳动听，十分诱人。难怪人们都说，姑娘的辫子算是一景呢!

男人们看到赫杜莱从开罗归来,开头也是笑脸相迎,挺高兴。他们觉得这样一来,可以让老婆、女儿开开心。可是天长日久,赫杜莱总往这些人家串,女人们对她的那些玩意儿越来越贪恋,整天跟男人叨叨,买这买那。不买时,她们就气鼓鼓的。因此男人们就讨厌起赫杜莱来,希望她什么时候再到开罗去,一去不复返才好。

赫杜莱满足了市内穷的富的各阶层妇女的要求之后,便带着货底子来到乡下。我看见她的那天,她正带着两三个包袱在村子里兜售,包袱里全是玻璃镯子、珠子、花头巾之类。这些东西都是城里人挑剩的,而乡下人又求之不得,说不定还是许多农妇、村姑梦寐以求的东西呢。

朱奴拜的另一个朋友叫奈菲赛。如果认为奈菲赛的名声不如她的两个伙伴,或者说,她在城里人和乡下人的眼里不如那两个女人,那就错了。她上了年纪,青春风流早已成了往事。音容和体形的衰老,使她变得丑陋无比。尽管这样,她仍然是别人家的常客,闺中的密友。她能卜善卦,会推算以往,描绘现在,预测将来。她通鬼神,识妖魔,能为女人们祈神驱邪,在那些天真无知仍然相信鬼神威力的女人中间,她这一套还是很吃香的。哪个女人因为丈夫在外拈花惹草或偏爱小老婆而苦恼时就去求助奈菲赛,让她请一位精灵来管住男人,别让他再乱跑。哪个女人受了丈夫的虐待或被抛弃,也去找奈菲赛,向她讨符问咒,使丈夫回心转意。奈菲赛在男人、小伙子当中的影响也不下于对妇女、姑娘们的影响。她能掐会算,能使冷若冰霜的女人燃起爱情之火。她会请神唤鬼,为他们排难解纷。她总是很忙,忙着在男男女女与鬼神之间传递消息,搭设桥梁。她的名声早已传出这座城市,远远传遍四乡。老乡们时常谈到她,跑去求她。她也不时地拜访他们,带着她的法宝、符箓和卜卦用的贝壳辗转乡间。我就是在她到村里来给乡亲们卜卦时看到她的。

我们刚一跟这几个女人接谈，奈菲赛就首先抓住了我们的内心。她尽量想把我们抓住，把我们同她那些神、鬼、精灵朋友连在一起。结果，她毫不费力地达到了目的。你想，眼前这位姑娘失魂落魄，视而不见，听而不闻，问而不答，能不引得这个巫婆浑身痒痒，去探测她的心思吗？！果然，老巫婆一个劲儿地问，非要知道个究竟不可。姐姐呢，像没听见；母亲呢，死也不吭声。结果，问题都冲着我来了。我只好佯称姐姐有病，求过医，医生也说不出个样子，弄不清是什么病，当然也就无从下药。老巫婆听了，麻利地打开包，从里面拿出一堆贝壳摊在地上，一双手迅速地抓起这些贝壳，再撒开去，如此收拢、撒开，反复多次，靠着贝壳呈现的各种图案推算过去、现在和未来，怪极了！

她两束目光紧紧盯在卦上，脸上露出疑惑不解的神色，嘴里发出断断续续的耳语般的判语。她当时的话，直到现在我还清楚记得，也永远不会忘记。怎么会忘记呢？时间已经证实了。当时，她久久注视着卦象，然后抬头看着姐姐，凝视一阵，又回到卦上。如此再三，这才抬了头，对姐姐道："孩子，你的事真怪呀！我看你正处在两者之间：一个是爱你的，但会伤害你；另一个伤害了你，但是会爱你。我真想弄个明白，可惜力不从心。孩子，我看你是不是去问问神汉或者圣贤，好生弄个明白。这并不难，附近村子就有，一个多小时就能走到。那里有一位圣贤，能显圣。还有一个神汉，能使精灵附身，很灵验的。"

奈菲赛刚讲出第一句话，母亲就像被人推了一把，呼地跳了起来，急忙走开。过了许久，我们才见到她。

第七章

是你啊，亲爱的小鸟！你从远处传来的急促的叫声响彻沉寂的夜空，像是求救者的呼喊。你是怎么了？出了什么事？为什么你让我心神不宁？我刚刚入睡，你就赶来把我唤醒，难道你认为有义务或是别人委托你，不让我自由自在地睡觉？仿佛你觉得责无旁贷或是有人责成你一到夜晚就把我叫醒，以便向我揭露什么秘密，而不至于使我梦中错过？你远远地急切地叫吧！要不，你别叫了，反正我已经被你喊醒了。除非像昨天那样，亲眼看到姐姐像尊石像一般伫立在那里，望着天空出神，我是不会再睡了。我预感到自己会看见她仍旧那样茫然地呆立在昨天的老地方。我这就到她那儿去。可是，小鸟，你总是叫个不停，你准有什么事！

什么？今晚这静穆的黑夜不比寻常。是什么东西惊醒了鸟儿？我听到它们扇动翅膀的声音。它们慌乱地飞出巢去，在这可怕的黑暗中四处乱飞。是什么东西惊醒了狗？我听见它们此起彼伏不断地狂吠，声音传得很远，似乎想唤起那些沉睡的人。

什么事把人们惊动？楼外脚步杂沓，人声鼎沸，好像他们在急速地奔向什么地方。

什么事把楼里的人惊起？周围的响动越来越多，越来越厉害。恐惧似浓烟笼罩在空中。

亲爱的小鸟，你仍在远远地不停地发出急促的呼叫，你原来不只是要叫醒我一个人，而是要叫醒所有的人、所有的生灵。瞧！周围的一切都醒过来了。可是你仍在不停地高声呼叫，你想告诉星星和月亮吗？外边这样骚乱、喧哗、不安，我躺不住了，起来去问姐姐——这尊无神的"雕像"："怎么回事？"

她像没听见，一声不响，这让我十分恼怒。我狠狠地推了她一把，喊道："怎么？你没听见还是没看见？"

她惊醒过来，有些胆怯地回答说："你要干什么？"

我失望地离开她，下楼来到院子里。院子里站满了女人，她们正在互相询问，叽叽喳喳，什么也听不清。在这些女人中间，我看见了母亲，她像个局外人，无动于衷，站在那里，似醒非醒，静听别人说话。我问她发生了什么事，她用平静而忧伤的声调答道："听说在离村子不远的地方，有个男人被杀死了。死者叫阿卜杜·杰利勒。有人来唤醒了村长，村长叫了好些人，催促他们去找凶手。"

我们站在外边度过了大半夜，听着那些只要开了头就没完没了的传闻——无非是些发生在城镇、乡村、野外和公路上的种种凶杀案件。楼里的一位知情人讲，今晚这个人的死是意料中的事。

死者原是这个村的乡警队长，身强力壮，勇力过人，一直守护着村子，免受盗贼的侵犯。他与一些人结下了不解之仇，他们要找他算账。前几天夜里，村子里就乱过一阵。据说有一天后半夜，这位队长跑到一家门口，拼命敲门，对这家主人大喊大叫："疯子，快起来！你们家进去贼了！"

这家主人听到这剧烈的敲门声和喊声，吓得要死，赶快跑出来开了大门。使他吃惊的是，这位队长大发雷霆，警告再三，然后进了院门，把各个房间挨着查了个遍，却什么也没有发现。人们都给吵醒了，围着他和主人，觉得莫名其妙。他却赌咒发誓，说他亲眼看见几个贼钻进了这家屋里。

从那以后，乡亲们都说乡警队长活不长了，还说他吵醒那家人，只是为了进去躲避那些找他报仇的人。从那天起，村里人就断定，那伙人已经下了决心，不杀死这位乡警队长决不罢休。如今，这些人如愿以偿，终于杀死了阿卜杜·杰利勒。

村长把手下人撒向四面八方，命令他们冲进那座房子，找谁，抓谁，捆谁。整个村子一时间鸡飞狗跳，劫难四起。

阿卜杜·杰利勒的尸体倒卧在离桥不远的地方。一些男人守护现场，等着警察、检察官从城里赶来。天亮后，城里来人了。他们围着尸体站了一会儿，又询问了半天，后来法医验了尸，这才进村，到村长家喝咖啡，边吃东西，边进行调查。楼里的女人们在楼上探头探脑地看热闹。

我也混在女人中间往下望去。天哪！我被惊得不禁后退了几步，心慌得几乎要跳出胸膛。我极力控制自己，没喊出声来。母亲悄悄地拉了我一把，示意让我跟她下楼到院子里去。等我稍稍镇静以后，她才小声地对我说道："待在这儿，千万别露面！他要是看见你，非把你带走不可。"

我们看见的正是那位警察局长。

我为什么要欺骗自己？！我不止一次想奔过去，想向他打听打听赫蒂彻，请他带我回去，把我带回到那舒适的生活里去，让他来保护我，使我不再坠入茫茫黑暗之中。当初，我是身不由己被推进这黑暗中的呀！

真的，我是这样想过，也差点儿这样干了。但是，我一看见母亲，想起她过去受的凄苦，想起姐姐同她所遇到的新的灾难，我宁愿放弃自己所向往的幸福，留下来同这两个苦命的女人一起受苦，等待着命运的安排。

第八章

"阿米娜,阿米娜,你过来啊!快过来!"

是妈妈在叫喊。当时我正在楼顶上和朱奴拜、赫杜莱海阔天空地闲聊,姐姐在离我们不远的地方忧心忡忡地坐着。听见妈妈叫我,我赶紧跑过去。她站在平台的另一侧,满脸愁云早已无影无踪,笑容满面地指着楼下,兴奋得直喊:"你看,你看!天哪!这不是白尼·沃尔卡尼的骆驼吗!"

我顺着她手指的方向望去,看见一个鬼一样的贝都因人站在离楼不远的地方喝令两头大骆驼卧下,开始从一峰骆驼上卸东西。

"你还没认出你舅舅纳赛尔?你不认识这两峰骆驼了吗?"妈妈喜形于色,一再指着说。

我认出了舅舅。我在童年和少年时代,时时看见他。那时,我一见他就害怕。我讨厌他待人粗暴,不喜欢他讲话时的厉声厉色,憎恶他那股蛮横劲儿,讲起话来,说一不二,不容人分说。

是的,我认识舅舅纳赛尔!记得我每次见到他都对他怀有戒心。听他召唤,我总是不愿意答应。我从不相信他对我表现出来的友好和温情。哼！想讨好我，拉拢我。有时他给我椰枣和蜜饯吃，我总是到万不得已时才接受。

是的，我认识舅舅纳赛尔！我还记得，我多么瞧不上他，嫌恶他。有时，我也责怪自己，知道不该这样。父亲死后，我看见他怎样拿那些流言蜚语来刺激母亲，怎样凶狠地对待我们母女！他一点儿也不考虑我们是孤儿寡母，只想到他的家庭、人们的议论以及这场灾祸给这个家带来的耻辱。

后来，没过几天，一天早晨，他来到我们面前，脸色阴沉，双目圆睁，出语伤人，要赶我们出门。为说服母亲，他花言巧语，答应帮我们准备，送我们过河，设法为我们在哪个村子找个安身之处。

那一天终于来到了。他把我们赶出家门，让我们离乡背井。他把我们送到河对岸的一个村子，就撒手不管了，撇下我们自己回去过安稳生活。

从那天起，我就不再怀疑，我对他的看法没有错，也毫不过火。我对他的厌恶，正是这个粗野男人在一个天真无邪、温顺软弱的姑娘心中应有的真实反映。这个姑娘从未怀有害人的念头，甚至也不大有防人之心。分别的时候，母亲和姐姐与他依依惜别，悲伤地目送着他。在她俩心目中，他似乎就是我们离开了的故乡的化身。我才不理他呢！我眺望西方，望着他去的方向，但我并没有看他，老实说，我压根儿就没把他放在心上。

我望什么呢？我的目光越过眼前这片辽阔的地带，搜寻着我们被赶出来的那个安静的村落。要能再看一眼我的家该多好啊！特别是房前那块平展的空地，我和小伙伴们玩耍的地方！然而，看不见村子，看不到家，看到的只是那接连着天际的高原。那时，我总以为我们的村子坐落在高原之上。在我们眼前是一条小河，它像一条银色的带子，把我们和从高原边上伸展开来的美丽平原隔开了。离开家乡以后，在这块平原上我每走一步，就感觉像是扔下了身上的一点儿什么东西，把它们撒在这片绿色的土地上了。

是的，我认出了舅舅纳赛尔！他卸完骆驼背上的货物，站在两峰骆驼的前头，活像个魔鬼——我一向都把他比作魔鬼。从我看见他卸货、询问房东的那一刻起，我更加确信他是个魔鬼。他要见房东。有人进去向村长通报，说有一个看上去剽悍、强壮、颇有财势的贝都因人求见。村长听了，赶紧迎出来，笑容可掬，欢迎这个不速之客。这个贝都因人粗鲁地向他打了个招呼，高声说道："村长啊！官不打送礼的哟！"一边说一边傲慢地指着从骆驼上卸下的东西。

村长叫来几个手下人："快把这些东西搬进去，让这两峰骆驼轻松轻松。"说完对客人一再致谢，亲切地请他里边休息。

院子里安静下来，这个贝都因人受到东道主的热情款待。过了好一会儿，人们围坐在村长周围像往常一样闲聊起来。

贝都因人突然说道："村长，我有东西寄存在你这儿，你现在把它们还给我吧。物归原主，安拉意欲。"

村长略带惊讶道："你的东西既然寄存在这儿，自然要奉还的。贝都因老人，是什么东西呀？"

"一个女人前几天带着两个姑娘来到这里，向你借宿，你收留了她们，待她们不错。知恩报恩，我最讲这个。"

"你和这女人、两位姑娘是什么关系？"

"那女人是我妹妹。"

"哦，原来如此。"村长道，"她们来投宿，理当受到欢迎。这所房子如果不用来招待客人，要它干什么呢？不过，贝都因老乡，你若是不肯在我们这里住些日子，我们是不会把她们还给你的。我们好好聊聊，你知道，我们这里的人对与贝都因老乡的谈话是非常感兴趣的——嗨！简直是一种享受。自从赛义德和他的伙伴走后，我们已经很久没听过贝都因人说话了。他们在村子里待了好几个月，后来走了——绝不是因为住烦了，而是他们喜欢流浪。"

村长、乡亲们和这位贝都因人一直聊到深夜。

第九章

多么漫长的夜啊！姐姐睡不着，我也没有一点儿睡意。亲爱的小鸟自然无须用它那急切的叫声来唤醒我。今夜，我没有听到它的声音，似乎它已知道我通宵失眠，没有必要唤醒我了，于是展翅飞向广阔的天空，去唤醒那些无忧无虑、酣睡不醒的人去了。

我愁苦烦闷地回到姐姐身旁，把心中的苦闷藏在心底，强作笑颜，告诉她舅舅到来的消息，说我们大概天亮就会起程。我向她描述着旅途的情趣：骑着骆驼，穿过一个又一个村庄，欣赏着一望无际的田野景色。我们又将看见那条把我们同西方故乡隔开的银色水带。当年我们是一步一步离开它，这次却是一步步向它走去。渡过这个"海"，我们就踏上了那片风光绮丽的大平原。跨过这片连接荒漠与沃土的平原，我们就像上阶梯似的登上那雄伟的高原。我们的村子正静静地隐在这高原的背面，而高原恰如立在村子东面的一个屏风。我给姐姐描述着这一切，尽量表现出轻松愉快、兴高采烈、无限向往的情趣。可是，天晓得！我当时多么悲伤和痛苦。我怀念东方，怀念背后那座大城市，它平静而舒展地躺在尼罗河河畔，文明、富贵、繁华。天晓得！我走向西方——天亮就要去的西方纯属迫不得已，万般无奈。我无心欣赏那平展的原野，不愿看到那条水带，不喜欢那片青翠秀丽的平原，讨厌那可怕的高原，更不怀念我曾生活过的村庄。我所向往的是另一片田野，它平缓诱人地伸向东方，伸向那座美丽繁华的城市。我怀念比西方那条水带更为壮阔、秀丽、醉人的尼罗河。那条细小的水带算什么！人们把它称作"海"，实则不过是一条小溪，根本不能跟尼罗河相提并论。我怀念那些高大宏伟的楼房和楼房周围那些小巧的花园。住在那样的楼房里，在花木丛中漫步，那才惬意哪！那里还有一位清秀、苗条的姑娘，我热切盼望能再次见到的姑娘。在那个山村里，我能做什么，迎接我们的将会是怎样一种生活，步步是艰难困苦，处处是愚昧无知，这不是要我重新回到我业已摆脱的愚昧时代吗？离开家乡以后，我渐渐摆脱了那个时代，超越了母亲和姐姐，比她们更能理解生活，更能准确地判断事物，也更能忍受灾难，更善于摆脱不幸与痛苦。不错，我年龄比她们小，阅历没她们深，然而她俩在我眼里，倒像两个弱小的需要保护、爱怜、同情和帮助的孩子。

　　我内心充满了矛盾与不安，我向姐姐粉饰我特别憎恶的东西，又借无法实现的幻想自慰。不知有多少次，我脑子里闪过一个念头，因为自感荒谬虚伪，才没敢多想。这个念头……我想在夜深人静的时候，溜出这座房子，摸向东方，在村落田野中像一条细细的蛇那样流窜，也许天明就能摸到城里——我那乐于栖身的地方！

　　这个念头不时在我脑海中闪过。但我从没有再往下想，因为我自知这事做起来不那么容易；耳目众多，我怎么能溜出这所房子？一个姑娘又怎好在乡间流窜？不用说晚上，就是大白天又怎样呢？再说，我怎能忍心让这两个可怜的女人单独承受眼前的灾难和生活的重担呢？

　　阿米娜呀！你起来吧，忘掉自己，抛弃你那美好的幻想，看看你面前站着的这位姑娘吧！她怅然若失的神态叫人心碎，她憔悴的面容令人心痛，她眼里悄悄流下的眼泪会使你意识到：不该胡思乱想，还是好好为她想想吧！阿米娜，你继续，继续描述那美好的旅行吧。就说在村子里我们会平安无恙，会过上平静舒心的日子，我们不用去仰人鼻息，说不定人们倒会巴结我们呢！

可是，姐姐没有听见我说的话，也许听见了，但没听进心里去。我知道，她同样不想走，不想走向西方，她倾心的也是东方啊！她把自己的心丢在了那里，丢在了那座富丽堂皇、四周是大花园的楼房里。那个乡下佬看守在那里，那位人们称他为"工程师"的阔少爷住在那里。

因此，她才这样茫然若失，听不进别人的话，也无法回答别人提出的问题。我原以为她只是为自己不慎失足而悲伤、痛感追悔莫及。只是到那天夜里，我陪她过了整整一宿，弄清事情真相之后，我的这颗心也不禁为她伤痛。不是吗？回顾以往，她失去爱情，瞻念前途，她感到恐惧。她多么想再回到那爱情中去，回到那可能随之而来的酸、甜、苦、辣中去。然而，她却身不由己，被推搡向前，走向恐怖，走向深渊。她不能反抗，甚至不能表现出丝毫的反对。这是一种多么巨大的压力啊！它无情地抹杀了她的个性和意愿。这种力量就是所谓的"礼义廉耻"以及诸如此类的清规戒律！

我在欺骗姐姐，向她粉饰我所憎恶的东西。她却不愿自欺欺人，对我的话充耳不闻，甘愿听天由命。她确信，自从我们顺从母亲离开那座城市之后，她生命中最美好的一段就已经结束了。可她怕什么呢？为什么她脸上不时地流露出惊惧的神情？什么事情会使她浑身颤抖？我们所要去的西方偏僻萧条，令人悲观失望，这是叫人伤心的，但这并不至于让人惊恐不安，不至于使身体产生可怕的强烈的颤抖呀。不！她心惊肉跳并不是没有道理的，也并不过分。有些事我不知道，她却知道，我未料到，她却料到了。一幅幅惨不忍睹的画面时时在她眼前闪过，那是三个姑娘的悲惨遭遇，她们的故事一年前就在城里传开了，我却直到今夜才听说。据说她们同我们一样离开了这座城市，或者说被赶出了这座城市，以后就再没回来，回来的是关于她们的传闻。这些传闻全都是那样的恐怖可怕，令人丧气、忧虑和不安，全都是血淋淋的。

可怜的姑娘啊！你与这些血腥事件有何相干？你还是跟你的母亲、妹妹和舅舅回你的故乡，回到亲人中去吧！他们疼爱过你，你也喜欢过他们，他们现在仍喜爱你呢。前不久，你还是那样喜爱他们。

还记得吗？在城里，每次相会，你都是谈论他们最多、想念他们最厉害的一个，如今，你怎么突然害怕起他们来了，想要躲避他们呢？要知道，在他们当中，你会得到保护和安全，而这种保护和安全是在异乡，是在女仆用爱情和体贴换不来真正同情的那些家庭中无法得到的。可是，她听不进我们的话，只是在想她所丢失的爱情和面临的恐惧，交替幻映在她的眼前的只是那个年轻英俊的富家公子的形象，和那几个姑娘可怕的血淋淋的影子，那个叫艾米纳的姑娘被砍了头，那个叫玛尔塔的姑娘被开了膛，另外一个叫穆勒宰曼的姑娘据说被活埋了。姐姐也许在想，这里面，哪一种死法在等着她呢？我竭力为她驱除这些念头，对她温存、体贴、吻她、逗她，甚至流着眼泪安慰她。后来我又板起面孔告诉她说：我要把她的担心告诉妈妈和舅舅，让他们把话对她说个明白，否则，我就不跟他们走，也不让姐姐跟他们走，求求那个慷慨好客的老村长，让他来保护我们，共同对付母亲和舅舅。姐姐听了这番话，反倒清醒过来，要我慎重从事，不要急躁。她强自振作，装出一副泰然自若的样子。但很快，她的心又动摇了。

这一夜是多么漫长，又是多么可憎呀！我们的心一整夜都没平静过，总是追悔过去，担心未来，又不满现在。漫漫长夜，仿佛是肩负着无法承受的重担，沉重难行，只能缓慢地艰难地向前爬行。忧愁像块巨石压在我们心头，种种胡思乱想弄得我们头昏脑涨。呀！这是什么声音,突然划破夜的寂静,把我们从昏迷中唤醒,使我们惶恐不安地回到了现实?这是雄鸡的高唱,它送走了黑夜,宣告黎明的到来。雄鸡啊,你叫什么?你想提醒我们什么,或者你想对我们预示什么?姐姐突然说:"你还记得那个算卦的老太婆吗?她说,我处在两个男人之间:一个伤害了我,但会爱我;一个喜欢过我,却要伤害我。你一点儿都不明白她的意思吗?"

"你让我去猜这个愚蠢的老太婆的话吗?她到处对人重复她那一套胡言乱语。在她那里,哪个男人都是夹在两个女人或更多的女人中间;哪个女人都是处在两个或更多的男人中间。"

姐姐说:"可是,我亲眼看见过这两个男人,认识他们就跟认识你一样。你也会看到他们两个,也会认识他们的。你会十分憎恨他们中的一个,而特别喜欢另一个。"

起风了。风声中传来了宣礼员召唤做晨礼的声音。人们醒了,一个个走出家门,有的去清真寺,有的下地去了。我们忐忑不安地迎来了这个阴沉沉的早晨。如果可能,我们真想转身逃走,但我们却被迫向前,只好听从这无法抗拒的召唤。

两峰骆驼已经备好,舅舅鬼一样站在骆驼旁边。妈妈低声叫我们出来。我们和住所的熟人一一告别,登上骆驼赶路。时光缓缓流去,我们沐浴着晨曦在美丽的平原上前行,绿色的田野平展开阔,令人心旷神怡。但有的人心里却正在惴惴不安,眼睛总也不能安神——这两峰骆驼要把我们带到哪里去呢?

第十章

这两峰骆驼将把我们带到安静的去处，带到有尊严的地方。在那里，我们就像别的农村姑娘一样，过着那种清静、自在的生活。等到长大成人、年当青春，便同本村或邻村的小伙子结婚，于是每个人都成了家庭主妇或是帐篷的女主人，开始了严肃勤劳的生活，然后生儿育女。儿女们带来欢乐与幸福，也会带来不幸和悲伤，有爱怜，也有希望。姐姐呀，你好好看看吧！看看这遍洒金辉的旷野，我们淹没在这光辉里，如同在汪洋大海中漫游。阳光撒在原野上，我们沐浴在阳光里。姐姐呀，你看！田野多么平坦，无边无际。你再看那些男人、女人、小伙子、大姑娘，一个个生气勃勃，辛勤地劳动，为他们换来美好的生活。他们来来往往、孜孜不倦，他们高亢的歌声里没有痛苦的呻吟，甜蜜纯朴的歌声使天空都回荡着优美和谐的旋律。这歌声唱出了他们的理想和希望，描绘出他们无忧无虑、安居乐业、热爱劳动、乐天安命的生活图景。

姐姐呀，你看吧！听吧！放宽心吧！在你耳闻目睹之中，你可曾发现什么引起恐惧、使人不安、让你绝望的迹象吗？一切都很安宁，一切都使人觉得安宁；一切都很平静，一切都让人感到平静。都是夜晚的黑暗不好，它充满恐怖，令人畏惧，它散布阴影，叫人生疑，搅得人心神不宁。姐姐，在黑暗笼罩一切的时候，你的谈话曾在你我心里引起同样的恐惧。而现在，黑暗消失了，什么都看得清清楚楚，什么都听得明明白白。我要嘲笑你了，嘲笑你自己吓唬自己，嘲笑那些一再出现在你眼前的血淋淋的影子，我也笑自己，笑我有些受了你的影响。现在没有什么可怕的了，不信你试试，再把那些鬼影子招回来。它们再也不会出现、不敢露面了，更不用说站在你面前，与你同行。影子害怕光明，见不得阳光，所有的黑影、恐惧、不安和绝望，都是黑夜的女儿。它们与黑夜互相依存，它们希望有黑夜的荫庇，黑夜靠着它们渲染出幽静、黑暗、可怕的色彩。一旦晨曦绽开笑脸，旭日从东方升起，万物苏醒，所有那些令人生畏的东西便无影无踪，伴随黑夜一起消失了，再也不能控制人们的心灵。姐姐呀，你看看这明媚的晨光吧！掬一把撒在你的心田。你看看这充满生机的生活图画吧！剪些来充实你那空虚的心灵。难道你不感到自己也需要像前后左右那些青年们一样放声歌唱吗？姐姐，你再看看我们的母亲和舅舅，他们的骆驼驮着他们兴冲冲地走着。他俩在小声地安详地谈话，欢欣而亲切，似在回忆他们的青年时代，渴望岁月带他们退回到我们这样的年龄。难道在他们身上你发现了什么可疑迹象或是阴谋诡计的征兆吗？不！他们俩同周围的一切融合在一起，他俩简直就是生活，就是安宁，就是希望，让我们跟他俩一样放宽心吧！

我的这番话打动了姐姐的心，就像阳光和生命的活力透进了她的心扉一般，于是她的心宽慰了一些，她虽没有面对生活微笑，却也不再过分地愁眉苦脸。她心中的郁闷虽一时难解，但这种抑郁却变得平静，不似先前那样惶惶不安，陷入绝望之中。

我们沿着一条笔直大道往前走。天越来越亮，强烈的阳光把这条路照耀得更加美丽，如同金辉铺地。肥沃的田野生机勃勃，美妙的歌声高入云天。阳光明媚，空气清新，我们走过一村又一村。走了大半天，下午，我们走到一个村落。舅舅说道："现在，我们可以休息几小时了。依我看，夜里赶路也没什么，好在我们快到家了。估计不到半夜，我们就会赶到'海'边的一家熟人那里。明天一早上路，上午就到家了。"

我们在这个村子停下，落脚在村长家里，受到了最好的接待。我真希望能在这里过夜，姐姐就更不用说。但舅舅却坚持要连夜赶路，母亲听他的，主人挽留也白搭。

吃完饭，趁我们休息的工夫，舅舅一个人出了村，说是要去看望邻村的一个熟人。时间一个钟头又一个钟头地过去，不见他回来。夜幕降临，黑暗又笼罩了一切。我们以为不会再赶夜路，可以安心地在此过夜了。

然而舅舅回来了。他粗声粗气地大声招呼我们动身，没有一点儿商量的余地，我们只好顺从。主人也说舅舅不对，不该在大家都要安安静静准备睡觉的时候，折腾着动身赶路。但是，不管他说什么，舅舅打定主意，硬是不听。不出一个小时，两峰骆驼就把我们带上了大路。这时，夜阑人静，月色朦胧，到处静悄悄的，只有狗叫声不时从远处传来。田野间、水渠旁各种虫子和青蛙不断发出轻轻的叫声，这声音在寂静的夜里显得美妙而又阴森可怕。

似乎还有一种声音从远处传来，断断续续又难听，又吓人。是鸟叫？大概是猫头鹰的叫声吧。有时，舅舅也唱几句牧歌，哼哼呀呀，动听而又惊心，舅舅和母亲时而交谈，时而沉默。我和姐姐听着这一切，有时畏怯不安地低语几句，为的是赶跑那些可怕的念头。谁知道啊，也许我们会碰上那些血淋淋的影子。我们实在怕它们出现，尽管心里这么想，却不愿谈及它们。两峰骆驼带着我们不知不觉地加快了速度，像我们姐妹俩似的，为逃避一桩可憎的事情奔跑起来。夜色越来越深，四周越来越暗，我们的心真想在这寂静中安定下来，真想与这黑暗融为一体，躲进蒙眬的睡意中去。但是，心是如此烦躁不安，怎么安静得下来呢？！心中的光闪闪烁烁，萦回往事，牵挂明天，注视着当前的处境，灵光怎么能同这夜的黑暗融为一体？！

黑影、疑惧、不安、绝望……这些夜的女儿们一点点出现，一步步逼近，叫人提心吊胆、忐忑不安，我们又怎能安稳地睡去？！为了抗拒这些夜的女儿们，我们闭上双眼，不去看它们；捂住耳朵，不去听它们。两峰骆驼依然不知疲倦地轻快地走着。突然，舅舅粗暴吓人的声音响起来，喊声里饱含着恶意、不祥和警告："应该在这儿停下！"两峰骆驼伏卧在地。我们一个个张口结舌，目瞪口呆，莫名其妙，惊慌失措，只觉眼前一片漆黑。舅舅魔鬼似的站着，粗暴地喝令我们下来，骆驼都吓得一动不动。

我们慌乱不安地下了骆驼，跟跟跄跄向前走去。母亲想问一声为什么让骆驼卧在这儿，我们为什么在没有人家的地方停下。我也想说点儿什么，可是，我的舌头还没来得及转动，耳朵还没有听清母亲说的什么，便听到一声使人惊骇的惨叫腾入空中，一个身体沉重地倒在地上。啊！姐姐倒下去了，舅舅杀死了她，他把匕首插在了她的胸上！我和母亲扑在这倒下去的身躯上。那躯体还在扭曲、挣扎，鲜血喷涌。我们一刹那惊得茫然不知所措，呆若木鸡，动弹不得。主啊！这太突然了，胡娜迪就这样被夺走了吗？她的身子还在颤动，还在挣扎，还在喷血。她的舌头还在掀动，像在喃喃自语。过了一会儿，她的颤动的身子平静了，舌头不动了，血凝结了，周围死一般沉静。我们仍然处于茫然无措、惊恐呆滞之中。舅舅，这个魔鬼站在我们面前，同我们一样惊恐万状。

亲爱的小鸟啊！听见了，这是你的呼喊。它从远方传来，渐渐近了。你的叫声像一道亮光，向我们揭示了我们陷溺其中而不自知的恐怖。

你连续不断的呼喊像一串串闪光的利箭，疾速划破黑暗，驱逐了我心头的恐惧，把我从震惊中唤醒，使我看清了这惨无人道的暴行。看见了罪犯犯下的滔天大罪，看见了无辜者倒毙在血泊中。

你的叫声不只唤醒了我，也唤醒了母亲。她醒过来了，向她哥哥质问："纳赛尔，是你杀死了她吗？啊？！"

她不顾一切地号啕大哭。驯服的女人除了流泪还有什么办法呢？唉，可怜的人哪！你可以把眼泪流干，但你能洗掉一滴无辜的鲜血吗？啊，你这个有罪的母亲呀！你无法开脱自己，再也别想得到安宁！

是的，亲爱的小鸟，你的声音唤醒了我，也唤醒了这位有罪的母亲，她借哥哥之手杀死了自己的女儿。你的声音也提醒了那个罪犯，应该把罪行掩盖，把犯罪的痕迹消除。但是，你的声音没能把胡娜迪唤醒，不管你的声音如何有力，怎样紧迫，也不能穿透死的帷幕。你声声高叫，我使劲儿呼喊。我们的声音充塞了这广阔的天空，但它不能抑制这女人的哭号，也没能引起那男人的注意，他正在慌乱地掩埋那具尸体——他昨天傍晚离开我们，就是来挖坑穴的。

罪，铸成了；孽，造就了。胡娜迪命途多舛，命落尘土。一个罪恶的青年引诱了她，她没能摆脱他的诱惑，没有保护好自己，落了这么个下场。

亲爱的小鸟，你向天空发出呼救的长鸣，浩浩长天，毫无响应；我呼天抢地，顿足捶胸，落寞旷野，无人回答。那个罪恶的男人掩盖好尸首，消除了痕迹，向母亲和我看了一眼，用惊慌颤抖的声音说道："现在，我们该走了。"

我和母亲迟疑不动，他又用更加惊恐不安的声音重复着那句话。他走到我们面前，说："你们要知道，以安拉的名义发誓，胡娜迪是在城里染上了瘟疫死的,她在好几个星期前就染上了瘟疫。"

我呢,亲爱的小鸟,我当时只觉得你的叫声渐渐离我远去,我舅舅的声音也听不见了。在我,一切都不存在了,或者说从这一切中溜走了。当我醒来的时候,发现自己病倒在一间简陋的破房子里。

第十一章

我是什么时候回到这个家的？怎么回来的，从哪条路上回来的？在家里待了多少天了？我是一无所知。病魔每天都在折磨着我。有时刚清醒一点儿，马上又觉得天昏地暗、迷迷糊糊。我精神恍惚，不省人事，只依稀记得那幅罪恶的画面，一想起它，我就浑身战栗，难以平静。

许多问题，我问过自己不止一千遍，我还会问上一千遍，但我没有得到答案，也不会得到答案。只记得你——可爱的小鸟的叫声在我耳际渐渐变得微弱而终于消失了，如同送行者的声音传入乘车远去的旅客耳中。我还记得杀人凶手——舅舅的那罪恶的难听的声音，那声音令人憎恶，它颤抖着渐渐远去，终于听不见了。

我看到一片夜的黑影悄悄向我袭来，越来越快，像汹涌的波涛。所有的声音都中断了，远去了，我被淹没在这波涛中……啊！一场好睡，一场噩梦！这些梦叫我惶恐不安，又无法摆脱。

我是睡着了，还是醒着？病了，还是没病？神志恍惚，还是头脑清醒？我不知道。我只知道有一个模糊的幻觉在死死地缠着我，仿佛我站在旷野之上，原野上有一眼泉水，别的什么也看不到。泉眼里向外喷着水，有一个影子在水中晃动，接着又来了几个。后来的影子好像是来看望头一个影子，她们把她围在中间，亲密交谈。我听她们窃窃私语，但又听不清楚，似乎心里明白，却又道不出来。我呆呆地凝视着不断喷涌的泉水和那几个一刻不离的影子。啊，多么让人讨厌的泉水啊！我真想闭上眼不去看它。噫！这水怎么是红的呀？泉水喷得很欢，但喷出的不是水，是血，鲜红的血！啊，那影子的脸多么苍白忧伤！真叫人不忍心去看。但她那苍白的脸色叫我心神不宁，她的悲苦情状使我心如刀绞，她倒在那泉水中，又怎能不叫我惊心动魄！

还有那四周的影子，她们悄然无声，若隐若现，真叫我惊疑不定。我眼前怎么总是影影绰绰，恍惚迷离？我似醒似睡，如醉如痴，这到底是怎么回事呢？那个影子不是姐姐吗？她为什么不跟我说话，不招呼我一声？平时她那么喜欢我，信赖我，对我无话不谈，为什么此刻她没流露出一点儿对我的好感，同我说说心里话？只见她俯身注视泉水，像一个对镜理装的姑娘。她在泉水中找什么呢？她是在这喷涌的血水中捕捉自己的影子吗？她为什么不同我说话？看不见我吗？她为什么不回答我？听不见我的话吗？为什么她一点儿也不同情我、怜悯我？难道她没听见我在大声地呼喊着她的名字吗？我自己倒是听到了这呼喊，似乎这喊声使她惊恐、害怕，于是她和别的影子一起消失了，连血红的泉水也不见了。我睁开眼，看见一些人朝我围拢来，喊我、问我。我一看就认出了他们，对这些人，我又怕又恨，怀有戒心。他们都是同院的人，听到我的呼叫，赶来安慰我，问我怎么了。

我恨透了这班人。在这堆人中，我看见了母亲，我实在不愿意看见她，我讨厌她。我还是停止呼喊吧，这样也许他们就会滚开，免得让我讨厌。我极力使自己安静下来，保持沉默。但是刚清静一会儿，另一幕又开始了：血红的泉水涌流不止，姐姐的影子一动不动，别的影子来来往往……

这些影子我是认识的，早就见过，或听说过。在舅舅招呼我们上路的那个可怕的夜晚，姐姐讲过。她们之中有玛尔塔，有艾米纳，还有那个被活埋的姑娘穆勒宰曼，她们曾使得姐姐胆战心惊。

这些影子我非但认识，而且知道她们何以现在如此亲切地来看望姐姐。她们是来向她致意，诉说她们内心的痛苦与悲愤，倾听姐姐讲述她的不幸遭遇和苦难。影子窃窃私语可真奇怪！但愿我能听懂她们的这些体己话，但愿我也变成一个影子。姐姐为什么不和我讲讲知心话？没有看见我，还是不知道说什么好？难道人死以后语言也变了吗？据说死人也能对活人说话，活人也能听懂的呀！

我认识这些影子。在我同姐姐一起赶路的时候，我说过，那些影子、幽灵都是夜的女儿，她们怕阳光，不会在光天化日之下出现。现在这些影子却老是在我面前出现，白天、黑夜都奈何她们不得。看来，影子也并非怕光明、喜欢黑暗，也许她们根本就不知道什么光明、黑暗，只不过是白天阳光晃眼，我们看不见罢了。想来，她们是能看见我们的举动，听见我们的谈话的。也许她们会可怜我们，也许会嘲笑我们，也许人鬼隔世，互不理解。主啊！泉里的血水喷溅得更厉害了，鲜红的颜色把四周的一切都染红了。那些影子在向我靠拢，她们好像认出了我，要来吻我。啊，可怕！我怕极了，突然大喊大叫。于是院子里的人又朝我跑来，有的焦虑不安，有的平心静气，却都表现出怜悯与同情。

主啊，这就是我的母亲吗？多么丑恶的一副嘴脸！我真讨厌她在跟前。她靠近我的一刻，我觉得血管里的血都凝结了。她在我头上放了一块湿布，我觉得清凉，心里松快了。可是，还是让这副嘴脸离我远点儿，我不愿看见她！让这人走开！她别再杀了我。我怎样才能摆脱她呢？有她在，我如何才能得到安全？沉默，只有沉默！一沉默我便看到了那血红的泉水和憧憧鬼影，喊叫吧，又要看到这些人，特别是这个可憎的女人。真是进退维谷，备受折磨。难道我就不能摆脱这些苦难、得到一点儿安逸吗？我多么渴望能得到一点儿安逸哟！不知有多少次，我梦幻般地感到我在追求着自己极其渴望得到的东西，等到追上或快要追上的时候，那东西一跃，于是我们之间的距离就又拉开，拉得很远。就这样，我在我所憎恶的人们和那些可怕的鬼影之间经受着痛苦的折磨。

一天早晨，我心情安定，身体也觉轻松多了，只是总觉浑身软弱无力，动弹不得。虽然身子虚弱，心里却感到安适，以至怡然自得。我像一个虎口余生的人，回想往事，惊惧中又有些庆幸。我觉得那些鬼影、泉水，还有大院里的人都远离我很久了。有好长一段时间了，我再也没看见血红的泉水，飘飘悠悠的影子，也没有大声呼喊，招来人们的"关切"。有时，眼前刚一出现这些景象，我便赶紧定神，驱散那些胡思乱想的幻影，怕想多了，自讨苦吃。我一任自己虚弱地躺在那里，死人似的，一动不动，什么也不想。

可是，母亲来了，忧郁的脸上露出一丝笑意。她靠近我，用我好久没有听过的声音说道："阿米娜，你安安静静地睡了一整夜。我看你好多了。"

我真不希望她走过来，挨着我，跟我说话。她在身边，我总觉得毛骨悚然、惴惴不安。忽然，我眼睛有点儿模糊，周围的一切都浮动起来向我进攻，我尽力控制自己，才没叫出声来，但我控制不住自己的双手去捂住眼睛，遮挡那些跳动的影子。可怜的母亲以为我是不想看到她，沮丧地抹着泪走了——走了倒好。

母女毕竟是母女，我不能阻止母亲的看望和关心，不能拒绝同她见面，也不能总是不理她。每次对坐，只好她看着我，我望着她；她说我听，她问什么我答什么。这种会面，有时不免引起我对她的怨恨，使这个可怜的女人更加痛苦。她有时流泪，有时叹气，有时心里也生闷气，只是憋着不发作罢了。

我渐渐好起来，体力和精神都恢复过来。原先一点儿不能动，如今能稍微活动活动，坐一会儿了。后来，我一下子恢复了活力，就好像在我和勃勃生机之间原先隔着一堵墙，现在这堵墙拆除了，勃勃生机一下子向我扑来。我可以下床到处走动了。我有了劲头，有了生活情趣，只是不想谈话。

母亲整天围着我转，表现得十分殷勤和关切。她想探摸我的心思，千方百计引我说话。她这也是枉费心机！我们之间有了一堵厚厚的墙，两颗心已经无法相通了。不过，有一个问题一直在我心中翻腾，想起来就使人不安，觉得恶心。我想知道，舅舅这个恶魔般的杀人凶手现在在哪里？他到哪儿去了？我不记得在病中看见过他。身体复原以后，也不记得听人提到过他。大病之后，我同大院里的人都混熟了，也不记得有人说起过他。尽管如此，我还是想知道他的消息，也可以说，我实在不愿意听到他的消息。他活着，还是死了？是溜之大吉了，还是已经被捕？他留在村子里，还是畏罪潜逃在外了？

我心里一直嘀咕着这些问题，真想脱口问个明白。但我还是憋在心里，怕问出事来，又实在厌恶那个坏蛋。一天早晨，我再也忍不住了，当只有母亲一个人在跟前时，我向她扭过脸去，问道："他在哪儿？"

她立刻就明白了我指的是谁，让我别作声，答道："他跟那些去绿洲的人一块儿走了。"话一出口，两眼流泪。但这丝毫没有引起我的同情，我们之间是有一堵厚厚的墙啊！哦，他到绿洲去了。那么说，他没被逮捕，也没有畏罪潜逃，躲避起来，而是同村里人一起大模大样地走了，在绿洲和农村之间跑生意。好哇，他倒心安理得，若无其事，把自己犯下的罪恶抛到脑后。可不是吗？当他把那个牺牲品掩埋之后，他的惊慌便消失了。

病中，我眼前出现的那些可怕景象，他没有见到。我大病一场，憔悴不堪，他却安然无恙。他跟别人到绿洲跑买卖去了，和他们一起说说笑笑，就像什么也没发生，就像他没犯过什么罪，没有亲手杀死自己的外甥女！

他跟那些人到绿洲去了。他将带着那副可憎的面孔、罪恶的心灵跟伙伴们一起归来。与此同时，他还会带回许多让人满意的货物，人们会非常高兴地同他会面。他会庆幸自己满载而归，而毫无痛苦与悔恨。大院里将会欢呼他的归来，整个村子都将为他欢呼，人们像过节一般欢天喜地。可你，我可怜不幸的姐姐呀，大院里没有一个人还会记得你。只有那个女人会在心里暗暗念叨你，只有我这个妹妹还铭记着你。我一想起你，面前就出现一些可怕的影子绕着一泓血红的泉水飘忽旋转——我想你都要想疯了。

他倒好，同那些到绿洲去的人一块儿走了，还将随他们一道归来。我不要再看见他，更不愿看到他回来后的那欢乐的场面。我不能见他，如果见到他，我就要当面揭发他，讲出实情。这本来就不是秘密，他却要我们守口如瓶。说得多轻松：胡娜迪同那些城里人一道染上瘟疫死了！

一天早晨，阳光洒满了大院。阿米娜失踪了。院里人到处找，哪儿也找不到。他们就是找遍了全村也不会找到她了。

阿米娜早已过了河，奔向东方去了。

第十二章

　　阿米娜在东去的路上匆忙地走着。对这位姑娘我们又是同情，又是钦佩，又不能不为她担忧。哪一颗心能不同情这个未成年的少女呢！人世沧桑把她抛入充满灾难与危险生活的海洋里，她赤手空拳，孤立无援，满腔悲愤，无能为力，几乎绝望。她出逃了，她要摆脱那个难以生存的绝境，摆脱那个即将见面的恶魔——假如她再待下去的话。

　　哪一颗心能不佩服这个尚未成熟的少女呢?！她逃出藩篱，拼命奔跑，面色憔悴，心怀悲伤。她不知道什么时候才能走到头，也不知道如何充饥，她根本顾不上考虑这些。不畏艰险的决心和勇气，对邪恶势力的深恶痛绝，对正义的无限信仰激励着她疾速地向前奔跑。

　　哪一颗心能不为这个没有经验的少女担忧呢?！她一个人在大道上毫无目的地奔走，身无分文，身体虚弱，年纪又小。她颇有姿色，那些恶棍、流氓、居心叵测之徒见了都会想入非非、垂涎三尺。而在这条乡村道上，流氓、恶棍、不良之辈又何其多哟！

　　姑娘啊！愿安拉保佑你。你要上哪儿去? 难道你没想过，生活对那些孤苦无依的人从来是不怀好意的，特别是对那些软弱不幸的女人。在他们生活的道路上隐藏着种种祸殃、灾难，邪恶丛生，罪孽蔓延。

难道你忘了童年时听到的那些故事了吗? 它们曾使你白日开心，黑夜害怕。那些故事里充满了妖魔鬼怪，它们隐藏在大路旁，拦劫往来行人。它们面目狰狞，心怀叵测。它们一闻到远处来人的气味就垂涎欲滴，恨不能敲骨吸髓，似乎只有这个人的血肉才能填饱它们的欲壑。行者心惊胆战来到跟前，假若他记住了别人的叮嘱，早有准备，主动向妖怪问好，就能从精神上征服了它们，使它们不敢轻举妄动。如若这个人没有记住别人的劝告，毫无准备，遇到这些妖怪，就会被一口吞掉，死无踪影。

阿米娜啊! 你给那些妖怪们准备了什么呢? 他们正埋伏在这条大路上，不像故事中所说的那样只有七个人，而是七十个，一百个，甚至几百个! 他们遍布大路之上，有的坐等掠取对象；有的跟踪追捕猎物；有的明目张胆，不遮不掩；有的则隐身田野，不好识辨；有的面目可憎，让人深恶痛绝；有的让人望而生畏，引人提防、回避；有的则装成温文尔雅的男子或是和蔼可亲的小伙子，使人觉得亲切、放心，而一旦你以身相许，他便翻脸无情，背信弃义，到头来你自己落个身败名裂。他们有的装成男的，有的扮成女的，但全都是妖魔鬼怪，专门准备对付像你这样软弱、不幸、被家庭抛弃或是遇上了天灾人祸的姑娘。这些姑娘无家可归，毫无生活经验，命运捉弄她们，生活把她们抛到一处又一处，从不幸推向不幸，最后又把她们抛给这些张着血口的妖魔或者乔装打扮的鬼怪，备受凌辱、苦难，贫病交加，陷入水深火热之中，有的甚至惨遭杀害!

阿米娜如脱笼之鸟、离弦之箭般趁黎明赶路的当儿，哪会想到这一层! 她急急赶路，忘记了疲劳，不觉得行走的艰难，甚至没有注意自己怎样行走和走向哪里。她什么都不想，只想摆脱那座地狱，越远越好。自由在激励着她，她需要的正是自由啊!

她不停地走啊走啊，不观望，不犹豫，不回头，就像长辈们讲述的故事中的英雄一样，为理想义无反顾，唯恐偏离了面前的康庄大道，招来毁灭。迎着旭日，迎着晨风，伴着万物的苏醒，随着新生活的开始，这个愁眉苦脸、身材纤弱、但充满青春活力的姑娘疾速地走着。直到晌午，周围的一切都活跃起来，她才渐渐感到疲劳，身不由己地放慢了脚步，缓缓而行。中午过了河，下午她就来到了一个安全地方，摆脱了那些心怀叵测的人。她来到一个村子，想在一个老乡家休息一下，吃点儿饭，过一夜。

的确，我是一个无家可归的孤儿，我什么都没有，有的只是一个瘦弱纤细的身子和一颗脆弱可怜的心，再就是一身破旧衣衫。尽管这样，我决不留恋我已舍弃的一切，不管前途如何，不论遇到什么人，我还是宁愿在大地上奔走，呼吸着自由的空气，沉醉于我所热爱的自由！为了它，有时不免担点儿风险。我害怕吗？我安全吗？我不知道。只有两件事如同昼夜更替、日月消长一般在我脑海中翻腾。

今后再也见不到母亲，听不到她的声音了，再也见不到乡亲，不能同他们相处了。再也看不见那个心灵丑恶、丧尽天良的坏蛋，不必再向他的粗暴屈服，也用不着他对我讨好、亲近了。这些都使我感到欣慰和安宁。生活展开她最美好的图画向我微笑，我对生活充满了信心与希望。这信心与希望增添了我的勇气、力量和耐心，我不知疲倦，勇往直前。忽然我想起姐姐，特别是过河之后，我站在岔路口，试图分辨我的坏舅舅是从哪儿领着我们离开了大路而走到他那犯罪的场所。

一想起姐姐，她的影子就浮现眼前：她木然地站在面前，就跟我们离开那座城市后常看到的那样。我想靠近她，抚摸她，跟她说话。猛然间，我想起那场灾难，回到现实之中。于是悲恸的泉水在我心中喷泻，悲愤的情绪与热血一起奔腾，浑身似烈火燃烧，泪水夺眶而出。我只得躲在道旁，痛痛快快大哭一场。

过了一会儿，我收泪站起，继续赶路。姐姐的影子陪伴着我，我在病中见到的那些红影子也跟随着我。怎么！四周又出现了另一些影子。我不知道这些影子是从地里冒出来的，还是从天上降下来的，只觉得影子越来越多，聚集一起，在我前后左右喧嚣，我真怕自己疯了。

我一直这样朝前走，走过一个个村庄，穿过一片片田野，投宿、乞讨、在田间干活，给人卖力。不管干什么，醒里梦中，两种感情，两部分人的形象总是交替出现在脑海里：一时想到自己离开的那些亲人，一时又想起姐姐和她的那女友。也真怪，每当我想起姐姐和她的朋友们，那些影子便立刻应情而生。我一天天向东走去。不用说，我心里有个目标，但我简直不敢去想它，我只是下意识地本能地去追寻它。

我继续向东，绝不偏离目标。有时在这个村子里过夜，有时在那个村子里休息，但我始终向前，始终朝着日出的方向。离城越近，我越有安全感。那座城市就是我前进的目标。我要在那里寻找安宁，我要在那些人中间求得生活的安逸。警察局长的家就是我要去的地方。我将投奔那里，求助主人，在他们的保护下生活。我将把我的这颗心寄托给那家人，特别是在局长女儿赫蒂彻那里，我这颗备受折磨的心才会得到安宁，所受的创伤才能得到医治。只有到了这个家，我才会有安全，只有看见他们的面孔，听到他们的声音，重新同那里的主仆们生活在一起——如同几个月前母亲带我们踏上那倒霉的征途之前一样，我的病才会好。到了那里，舅舅的手就够不着我了，在这个家里安顿下来，恐惧就不会再来侵袭我的心灵。但是，我这样回去，局长家的人会说些什么呢？如果问我这一段时间上哪儿去了，我如何回答？是和盘托出，还是瞒着他们？假如他们看见我，不认我，把我拒之门外，而并非像我期望的那样笑脸相迎，我又将如何？若是赫蒂彻见了我，不肯理我，她已雇了一个农村姑娘或者一个城市姑娘代替我，同她朝夕相处，一道游戏，情投意合，那又怎么办呢？一旦这个家庭拒绝收留我，我上哪儿去？在哪里安身？他们果真对我翻脸无情，我去投靠谁呢？

第十三章

不！这户人家我了解。他们通情达理，慷慨好施，乐于助人，有求必应，即便是不速之客，也从不拒之门外。我老远就看见了那所房子，快步朝它奔去。我仿佛听见它热情地呼唤我，我心里热切地答应着：我回来了！屋顶上炊烟袅袅，散入空中。这时，展现在我眼前的不是炉火的光亮，而是厨房的师傅和忙忙碌碌的用人，我听到了他们的话语，仿佛同他们一起干活儿，一块儿聊天。那座房子越来越近，我看见一扇窗户敞开着，那是赫蒂彻的房间。浮现在我眼前的不是屋子里的陈设，而是赫蒂彻正坐在那里玩，她不是在专心致志地背诵课文，就是静静地看书。我正在她身边，跟她一起玩，一起学习。啊！更近了。这所院落的生活情景一下子都回到我的眼前，我似乎又回到了几个月前的生活里，置身于那充满活力、生机与阳光的气氛之中。

我已经来到花园门口。我毫不犹豫地走进去，一直往里，如同与母亲、姐姐在那间小破屋过了一夜又回到这里一样，熟悉而习惯地径直往里走，上了台阶，来到赫蒂彻屋门口，进了屋。不错，我的主人、朋友正在专心看书？原先，我们见面总是嘻嘻哈哈、打打闹闹，可现在，她惊愕得愣在那里一动不动，我却不禁痛哭失声。

过了一会儿，她才问道："你到哪儿去了？从哪儿来？这么长时间你干什么去了？"

我没有回答。我怎么说呢？只有泪如雨下、泣不成声，越思越想，就哭得越凶，以至差点儿失去常态——女人哭得太厉害了常这样。

她靠近我，亲切而温柔。尽管还不知道我的遭遇，她还是一个劲儿地安慰我。后来，听到哭声，太太走了进来。看见我，她惊讶的程度并不亚于她的女儿。但她把女儿打发开，怕这种场合会伤害她幼小纯洁的心灵。然后她把我叫到一边，先是百般地安慰，使我安静下来，然后亲切地同我谈话，细问长短。我一时几乎什么也答不上来，只是含着眼泪，东一句西一句，断断续续地说起那次突然出走，以及沿途所见，说到我们在这座城市里遭到了一场意外之灾，从而失去了姐姐，谈到那无限悲痛的日子里乡下生活的困苦，还说了我对好心的主人的怀念。后来我又讲了自己如何在曲曲折折、令人生畏的漫长道路上只身逃回这里。越讲越伤心，不禁泪流满面；最后我竟趴在太太跟前，亲吻她的双手、双脚，生怕她把我赶出门外。没想到她亲切地俯身扶我起来，吩咐我把自己的事安排一下，继续在这里干活儿，跟以前一样，就像我不曾不辞而别，一走几个月，而只是离开了一两天。

我的房间原封未动，后来的用人也没住这间屋子。衣服、用具一切如旧，甚至连地方都没挪动过。我看见了我的伙伴们。开始，他们全都愣住了，而后我们就聊起来。一切都安定下来，我又跟从前一样，成了这座房子里的一员。

后来，我听说，赫蒂彻对我的出走很伤心。她是那么思念我，以至拒绝家人为她另雇用人，家里人也就依了她。

看起来一切都没有变化，我仍旧跟先前一样，跟这一家人生活在一起。然而，这一段时间里我遭到了多少不幸，忍受过多大的痛苦！离开这个家的几个月，对我来说，多么漫长啊！这几个月里，发生了那么多事,我见过了罪孽,见过了凶杀,还大病一场,差点儿发疯!这几个月里,我遇到了多少艰难困苦,多少惊恐,多少忧伤!怎能不觉得度日如年,日月漫长呢?

这些内情,这家人都不知道,他们几乎没有感觉到我离开过他们。然而我却清楚地记得这一切。所以觉得离开的时间相当长,比他们认为的时间长,比算出的时间更长。他们早已忘记我的出走。我归来后,各行其是,谁也不再提起我的事、问我什么。可我怎么能忘记呢?非但不能忘记,而且有一种奇怪的感觉,觉得我从这个家里夺走了一位姑娘,把她埋葬在遥远的沙漠那边高原遮蔽的一个山村里,然后又还给了他们一个一无所知的姑娘。我从他们那里夺走了总是笑吟吟的阿米娜,夺走了一个天真幼稚的少女,她是那样贪玩,在她眼里,生活就是嬉戏,干活儿、学习都像是在玩,从不懂得什么是烦恼、什么是忧愁,不知道生活的担子有多重,也没想过生活的艰辛和可能付出的代价,以为生活中从早到晚都是欢乐:白天热热闹闹,夜晚美梦连场。那时,她像花园里嫩绿娇美的草木,欣欣向荣,茁壮成长。

我从他们那里夺走了这样一个阿米娜,又把她七零八落地丢在了西去的路上。当我听了姐姐的谈话、听到那几个女人的闲谈时,我把这个阿米娜的一部分丢在了留我们过夜的村长家,当我们在那家屋顶上谈心、骑着骆驼赶夜路的时候,我把她的一部分留给了当时浮现在眼前的那些红色影子。后来,又把她的大部分抛在了那片旷野,同姐姐的血一起流走了,同姐姐的尸体一起埋葬了。余下的部分则被那场病夺去了——那场病带走了我心中的一切,只留下一个瘦弱的躯壳。我从他们那里夺走了这样一个阿米娜,又这样零七碎八地丢落在城乡之间,然后我又还给他们另一个阿米娜,也许长相略同、身材相象、言语举止近似,但除此之外,所有的一切都大不相同。

我还给他们一个总是愁眉不展、少言寡语的阿米娜,不,是一个庸庸碌碌的白痴！这个阿米娜目睹了丑恶、凶残和赤裸裸的暴行，她的心被这一切堵塞了。于是，她对谁都怀疑，对一切都警惕。白天，她沉闷；晚上，她忧郁。她把漆黑的夜当作肥大的衣衫罩在自己身上，和光明、希望、快乐、欢笑统统隔绝。

是的，我还给他们的是这样一个阿米娜，她整日哭哭啼啼，愁眉苦脸，厌弃一切，游戏对她也成了负担，干活儿、学习只是唯命是从，提不起一点儿精神。

真对不起这一家人，他们肯容纳我还给他们的这位姑娘吗？能忘却我从他们那里夺走的那位姑娘吗？假若他们见我不像他们原先所熟悉的那个姑娘，我岂不是太对不起人了吗？然而他们都是很善良的人。他们不为难我，也不嫌弃我，反而给予关怀、同情和爱抚。因为我所遭受的不幸，他们更加亲近我，为我医治心灵的创伤。他们从不把我当作只是干活儿的仆人，也不看作只是照料小姐的侍从，而是把我作为一个投靠他们的可怜的姑娘收养着，对我既尊重又怜悯，让我得到休息和安宁。

赫蒂彻，真对不住赫蒂彻啊！我真没想到一个像她这样在优裕环境中长大、成天过着无忧无虑的日子的姑娘，竟会成熟得那么快，凭着她的天性而不是人情世故就能洞察我这受伤心灵的深处。她不问我什么，却能理解我；她同情我，绝非虚情假意；她怜悯我，又不显得高人一等。她不再像过去那样，同我说说笑笑、戏谑玩笑，而是像一个懂事的大姑娘同我认真交谈。为了给我解忧消愁，她给我讲述我离开期间的一些趣闻与私事，为我朗诵这期间她读过的书，让我读一些我不曾同她一起读过的书，为我打开一扇扇意想不到的知识的大门。她还告诉我一个我费了很大劲儿才弄明白的奇怪的消息：她开始学习另一种语言了，那语言叫法语。当时我根本不懂法语是怎么回事。我只知道世界上有我们乡下人讲的土话、赫蒂彻说的开罗话，还有书本上的——算是第三种话吧，这种话虽说难懂，但总还可以理解。怎么现在又出来另一种话? 那是怎么说的? 人们又是怎样学的呢? 她拿出一些我不曾见过的书。我翻了翻，除了一些图画之外，一点儿也不懂。再细细看那字母，从上到下，从头至尾，一字不识。赫蒂彻亲切地笑了，略带骄傲的神气——本来嘛，她知道我不懂。她给我读了一段，我自然不懂，于是她逐句翻译给我听，我都懂了。真怪，有意思!

她的那位叙利亚老师来了。两人见面，用我所不懂的话语交谈起来，我在一旁既好奇又羡慕。赫蒂彻很得意，我也觉得她了不起。她成了我的老师，每天教我念字母,说一些简单的话。早晨，我是她的学生，晚上我们一道学习。教师很高明，学生也相当聪明。我与赫蒂彻一同读书，一起学习。这种新的生活给了我极大的安慰，我渐渐忘却过去,在我与那不堪回首的往事之间慢慢地拉上了一道帷幕，过去的一切渐渐淡漠了,消失了。但是有两个人在我脑海里既未淡漠，也未消失，相反，他们深深刻印在我的心上，不时顽强地出现在我面前。一个是我那倒毙在空旷田野、胸喷热血的姐姐，她死不瞑目，嘴里喃喃喊冤；一个是那个勾引姐姐、使她横尸旷野的年轻工程师。

第十四章

是的，是那个年轻的工程师迷惑了她，使她惨死在旷野。是他给了她生命，也是他夺去了她的生命。不是吗？可怜的姐姐正是在那座离我们住处不远的楼房里尝到了又甜又苦的果子。此外，她还尝到过什么人生的乐趣？她从极端偏僻的农村来到这座城市，进了那幢楼房，才开始懂得了文明，过上了新式生活，辞别了过去的艰苦，送去了可憎的岁月，体会到生活的安乐、岁月的可爱。

在文明的生活中，她享受到生活的幸福，开始热爱生活。就在她刚刚体会到生活乐趣的时候，爱情向她伸出了双臂。这爱情本身包含着幸福与祸殃，包含着温存与折磨。果然，没过多久，无知的姐姐被眼前的诱惑迷住了，堕入情网而不能自拔。试想，后来，当她不得不抛弃这一切的时候，她怎能心甘情愿？当时，听她讲述自己的遭遇，我就有点儿疑惑不解，弄不清到底什么使她心肝欲裂？是对自己犯下的过错后悔呢，还是为抛弃的欢乐遗憾呢？当那些红影子浮现在她眼前时，究竟什么使她那样心惊肉跳？是她看到了面目狰狞的死神，听到了死的呼唤，还是因为她与那位年轻工程师的姻缘中断，被爱情抛却，再也尝不到爱情的甘甜而绝望呢？

是的，这个青年工程师在我心里刻下了深深的无法抹去的印象。我曾梦见过他影子似的一直缠着姐姐。不错，在我们回家的路上，在那场病中，我所见到的红影子里就有他。有时，别的影子都离开了，消失了，而他的影子仍然守在姐姐身边。每当看到他的影子，我就激动万分，心里的感觉是奇特的，复杂的。我对他又恨，又怕，似乎又有些喜爱，至少是有一种好奇心。

他究竟有什么迷人的地方，致使那位不幸的姑娘落入情网？假若我遇上他，我会对他怎样？他对我又会怎样？我会爱他，还是会憎恨他？他会爱上我，还是会讨厌我？到底是什么毁了姐姐，也毁了我们一家，夺去了姐姐的生命，把我们投入水深火热之中？

早晨起来，我凝思不解，晚上睡觉，我辗转反侧。从早到晚，这些问题萦回心际。只有赫蒂彻再三叫我同她说话、陪她读书的时候，我才能勉强排除这些杂念。

醒里梦中，这些杂乱无章的念头充塞我的心房，把别的一切排斥掉了，只留下两个人的形象：一个是惨死旷野的姑娘，她尝到了死的痛苦，一命呜呼，倒下的身躯被泥土掩埋；另一个是那个年轻的小伙子，他依然兴致勃勃，早出晚归，生活向他微笑，他也向生活微笑。

我真想知道，他是否还记得他的牺牲品？若是记得，那么是一往情深的怀念呢，还是一想起她就厌恶、嫌弃？在他心里，这位姑娘占什么位置？须知道，他心里装着多少姑娘啊！对姐姐来说，他就是一切，而他对她，那是无足轻重的。她心里只知有他，而他所认识的女孩子多着哪！只是在他的怀抱里，她才尝到一点儿生活的滋味，他可不一样，有许多去处供他享乐，又有多少享乐的名堂啊！我真想知道，如果他还想得起她，他会怎样看她？是对她的形象微笑，还是将双眉蹙起？我还想知道，一旦他得知那骇人听闻的消息，他又会怎么样？是引咎自责而伤痛，还是无动于衷而自得？

不知怎么搞的，这个青年工程师占据了我的心，像只讨厌的苍蝇，赶不走，摆不脱。我对自己很不满意，对周围一切更是厌倦。人家看我成天老哭丧着脸，无精打采，也讨厌我，倒是赫蒂彻一如既往，待我亲切，给我同情，为我宽心。我从内心感激她的恩德，珍惜她的友情，尽力图报。一看见她，我就抛开那些杂念，迎上前去，留意听她说话，专心陪她学习。可是，也真气人，事还没完，我那一副魂儿就又被勾走，愁上眉梢，魂飞九霄。赫蒂彻真能体谅，发现我走神，便悄然离去，留下我独自沉思默想。她似乎觉得，在这沉思默想中我会得到乐趣和安逸。

思不能已，心潮难平。我居然热切希望见到那个年轻人，听他讲话，同他交谈。我开始打听他的消息，探听他的底细，甚至连片言只语我也不放过。天遂人愿。恰好他家不远，又恰好我房中有一扇窗户正对着那座楼房。他进进出出，来来往往，我都可透过那扇窗子看到。

先前，我曾站在这个窗口和姐姐招手、喊话。这次回到赫蒂彻家来，好几个星期了，我都没想起这扇窗户，也从未走近它。现在，我突然想到这个窗口，胆怯不安地走近它，伤心地打开它。我想在窗前能再看见姐姐来来去去，一会儿哼着乡村小调，一会儿唱着城市歌曲。几天过去了，我守在窗前，什么也没看见，什么也没听见，只有默默流淌的泪水陪伴着一颗破碎的心。姐姐没有在那个院子里出现，没有穿过眼前这条路，而是从我这颗忧伤的心里浮现出她那苍白的面容。尽管如此，白天，晚上，一有机会我还是靠着窗口，长时间守候在那里。我喜欢它，熟悉它，只要一进屋就守着它，成了习惯。一天天过去，我不再掉泪，姐姐憔悴的脸色也不再从我心底浮起。可是有一天，我站在窗前，双眼凝视前方，仿佛又看到了姐姐原先的样子，听到了她那欢乐的歌声。她正在唱一支她常唱的歌，歌声悠扬，委婉而甜蜜，好似甘霖洒在心田。

哎哟哟，

爱情好似火！

我要是爱上他，

可不能责怪我。

  这首歌，我当时也跟一般人一样，听惯了，却从不仔细琢磨。这首歌在城乡非常流行，无人不知，无人不晓。在欢乐的婚礼上时常听到，姑娘、媳妇都会唱，甚至连一些刚学唱歌的小姑娘也会唱。怎么，姐姐忧伤绝望的影子又飘过来了，脸色苍白憔悴，身子飘忽不定，嘴里发出微弱的呜呜声，像渴鸟①的鸣叫，听来令人悲哀。这呜呜的声音伴着这首歌，真叫人心如火焚，愁肠寸断。不知为什么，现在听到这首歌，我一下子就理解了我以前不理解的意思，感受到从前我未曾感受到的东西，发现了过去不曾发现的真实含义。

  纤弱的渴鸟发出长长的叹息，凄婉缠绵。那声音似呻吟，似求救，又似雄辩——对往事，不后悔，既热恋，就不计后果！它勾起我从未有过的哀思和愤懑。舅舅的罪行多么严重，这个凶手他曾无数次地听到过这首歌，但他却一点儿也不理解，他没有因此而原谅这个热恋的姑娘，宽恕她的罪过，抑制自己的暴行。是啊，他性情粗暴，心肠残忍，他怎么能体会到爱情的苦乐，又怎么能懂得爱是无罪的！

  我听着这充满绝望、悲伤的歌声，猜想那个青年定然是一表人才，具有一种女人所不能抵御的诱惑力，一定是一个能说会道的风流人物。那娓娓动听的谈吐就是猎取人心的圈套，那无法拒绝的温柔举动就是勾人的绳索。现在，随着那首歌在我眼前晃动着三个影子：一个是仪

---

① 渴鸟，猫头鹰。以前，阿拉伯人相信被杀害者的头会变成猫头鹰，夜间在坟头上叫喊："用人血饮我！用人血饮我！"直到亲属为他复仇为止。——译者

表堂堂、道德败坏的青年；一个是以惩恶自诩的魔鬼舅舅；一个是可怜受骗、无辜受惩的姐姐。我环视这三个影子，自问：对这三者采取什么态度呢？

对于舅舅，我只有憎恨。有朝一日他落入我手，我定会把他撕碎；对于可怜的姐姐，我自然无限同情，假若能够，我定叫她起死回生；至于那个年轻的工程师，我却不知道该取何种态度。他是我应该深恶痛绝的仇人呢，还是像姐姐说的那样，是让人一见钟情的恋人？他是一团烈火，我是一只爱光好热的飞蛾，飞蛾扑火，结果是危险的，致命的。但是，我要扑灭这燃烧的火！要不，就跟他那炽烈的火焰一起燃烧。

对，我应该对这位工程师做更多的了解。我要设法在他那里找个立足之地。

从这时起，我深信我的命运将同这个青年联系在一起。我在警察局长家只能是暂时的，我一定要搬到那个青年家去，迟早一定会搬去的。

第十五章

  早晨和黄昏，我都守候在窗口，像是被派来守卫这窗口或是调查这里发生事情的人。其实，我只想知道，这个青年什么时候外出，什么时候归来，什么时候出去消夜，什么时候回家睡觉。我从窗口观察着他的行踪，总要亲眼看他出去，亲眼见他归来，这才安心。若是有什么特殊情况，没有见到他，那我一天都不安生，心烦意乱，六神无主。

  后来，我对这种观察更加热心了。有几天我发现他早上没出门，而且明知他不会出去了，却仍要待在窗前，看个究竟，生怕他万一出门，自己错过了机会。我的生活简直跟他系在一起，我的心和这个青年结下了不解之缘。那个家时刻挂在我心上，把我引向窗口。我心里清楚，这就是邪恶的开端，这样下去，总有一天，我会不满足于窗口的眺望而身不由己地去推开那家的大门，结识它的主人，和那里的人攀谈。如果能随心所欲的话，我早就那么干了。但我克制自己，进行激烈的思想斗争，将那必然会到来的一天推迟了几个星期，甚至几个月。我不知道这段时间是长是短，只记得是极难熬和令人烦恼的一段时间。每天一早，我就想今天可能要熬不过去了，下午，我又想下半天还能招架得住吗?尽管这样，我仍然克制着自己，一直到晚上，家家关上大门，去那家已不可能，只好上床睡觉时，我才松口气，庆幸自己又战胜了一天，又可以把失败和投降往后拖一天。

一天黄昏时分，我偷偷溜出局长家大门，躲躲闪闪地围着院墙转了大半圈，然后拐回来，箭一般地跑完连接两家的那一段路，闯进了工程师家的花园，局促不安地悄悄向花匠走去，像是急着打听一件事。待到了眼前，却张口结舌，什么也说不出，呆呆地站在那里，手足无措，又羞又慌。我想走进楼门到胡娜迪住过的房间去待一会儿，但双脚不听使唤。花匠问我是谁？从哪儿来？有什么事？他再三盘问，我一句也没有回答，心里嘀咕：要说就说，不说就走，傻不愣登站在这儿，让人讨厌。主意拿定，我转身就走，走了没几步撒开腿跑起来，似怕有人追赶；跑到家门口，我悄悄溜进去，环顾左右，没人发觉，这才喘了口气，装作没事儿人，走回自己房间，站在窗前休息。嘻！这次虽没完全失败，可也真有些招架不住了。

从那以后，我熟悉了道路，认识了花匠，并且常到他那儿去，同他聊天。有时我就站在窗前，跟他打手势。没几天工夫，我就弄清了这位年轻工程师的身世，了解到他的习惯、脾气、交往等秘密，知道他是一个既严肃又很风趣的人。可以说，通过与他贴身用人的接触，所能知道的我都知道了。

不过，我不啻认识了花匠，还结识了那位女佣。原来，这位工程师除了花匠之外，还有一个女仆料理家务，侍候他。我听说，姐姐刚离开不久，他就迫不及待地物色新人来接替她，很快找到了这位俊俏、温柔、皮肉细嫩、笑容可掬但头脑简单的姑娘。她叫赛吉娜。闲谈中，我发现她腹中空空，言语乏味，跟她谈话毫无兴趣。虽说这样，我还是极力注意同她搞好关系，宁愿花点儿钱。这倒不难，很快我们就无所不谈了。渐渐，我知道了许多内情。我对那位青年的恶感和敌视与日俱增，几乎使我忘乎所以，干出蠢事来。我得知，赛吉娜不只接替了姐姐管理家务的差事，而且也接替了她在那位青年心中的地位，受到勾引，成了他发泄兽欲的对象。这个年轻人可真善于勾引人，罪恶的欲念又是那样强烈，他专会猎取姑娘，使她们神魂颠倒，把她们引上邪路；待他玩够了，厌烦了，再抛弃她们。至于等待她们的是死是活，他才不管呢！

他背弃了胡娜迪，没有恪守对她的诺言，没有珍惜她的感情。她刚一离开，他就喜新厌旧，寻欢作乐，既不考虑自己胡作非为的恶果，也不理会姐姐为他做出的牺牲。在他看来，这只不过是消磨时光的游戏，需要时拿来解闷取乐而已。这个恶棍！

他不仅是勾引诱奸，而且是薄幸负心的贼，真是罪上加罪。总有一天，他会因此受到应有的惩罚。总有一天，他会落到我阿米娜手里！我阿米娜两次看到姐姐被扼杀：一次是在空旷的田野，被罪恶的舅舅杀死了；一次是在这个小巧别致的庭院里，那个花花公子、年轻工程师背弃了她。

是怨恨吗？它像火一般在我心中燃烧，使我想到怎样才能置人死地，使我想到划破胸膛的匕首，撕裂五脏的毒药！

是怨恨吗？我热血沸腾，双颊灼热，两眼冒火，惹得家里人都暗中惊讶：她怎么了？她这样冥思苦想是要干什么？

是怨恨吗？它使我不再悲伤，代之以无限愤怒。我为谁抱恨？又怨恨谁？是为那个青年——他根本不值得这样——是为死去的姐姐吗？我恨自己太愚蠢，对那个青年如此热心，如果说只是一种好奇心的驱使，那么一旦愿望达到，我就会陷入致命的绝望之中。我为谁抱恨？又怨恨哪个？这种怨恨的情绪将会把我推向何种境地？

我不知道，不知道！我只知道我很难再在局长家待下去，也很难与赫蒂彻相处下去。我变得孤僻、粗野，对什么都不感兴趣，甚至对赫蒂彻也不愿搭理——这是我从未料到的，我开始觉得再待下去就要惹人讨厌了,觉得赫蒂彻对我也以眼还眼,渐渐冷淡了。

阿米娜呀!愿安拉保佑你。真不知道,这种种胡思乱想激愤不平的情绪、惶惶不安的心情将把你推向何方?

第十六章

　　一天清晨,我发现家里的气氛有点儿特别,像是出了什么新奇事儿。我只能隐隐约约感觉到,却搞不清楚究竟是怎么回事。我是从局长夫妇俩的脸色察觉到的。他们望着赫蒂彻,眼神里透出欢欣和希望,而又略带伤感的神色。饭后老两口单独在一起,关起门来,长时间地交谈。局长大人对仆人们突然面带笑容,变得宽宏大量起来,连原先他从不搭理的人,如今也没话找话,显得特别亲热。看见我,总是注视再三,分外亲切。太太对仆人也和气多了,有空还和他们聊几句。

　　这些我都瞧在眼里,只觉得莫名其妙。我的好奇心又一次被拨动了,我几乎忘记了那个青年工程师,忘记了他的罪孽,忘记了我对他的愤恨,一心想知道这个家出了什么事。我本想问问赫蒂彻,但我发现她对此毫无察觉,就打消了这个念头,只好进一步观察,等着事态的发展。没过多久,先是工程师家,接着是局长家都先后动起来了。事情一件接一件,发展很快。我被发生的一切吞没了,无暇他顾,忘记了一切,同时也使我想起了一切。在绝望中沉默的我一下子陷入绝望的兴奋之中。

　　工程师家呈现一片忙乱景象,家具搬来搬去,又是修理,又是打扫,又是摆设。还新运来一批家具，有的崭新，是刚买的；有的陈旧，大概是借来的。只见他们收拾房间，准备用具，似乎要来什么尊贵的客人。

花匠忙这忙那，干得挺起劲儿，一个嫌不够，又临时雇了两三个青年帮忙。赛吉娜同他们一起干着，既不高兴，也不生气，板着脸，毫无笑意，出来进去，像一台根本不知道喜怒哀乐的机器。

工程师家的忙乱也波及我们这个家，一张床抬过去了，连枕头和一些器皿也被借走了。太太兴冲冲地派我到工程师家去帮忙，让我负责组织用人打扫铺排，务必做到窗明几净、井井有条、尽善尽美，好接待客人。随后，太太又忙着准备第二天送工程师家的饭菜，筹办即将在她这里举行的宴会。

我一到工程师家，就从用人那里知道了这场即将上演的闹剧。原来，这位工程师的家在开罗，明天他家的人要来这里住几天或是几个星期。这次来不比寻常，要办成一桩大喜事：工程师将同警察局长的女儿订婚。嘿！城里就要有一场好久没有过的热闹好瞧了。人们将会听到许多难得听到的歌曲。不是那位住在省城、受到城乡居民捧场的著名歌手，也不是另一位住在本省北边与前者竞争得很厉害、得到全省近半数人捧场的歌唱家，更不是受到乡亲们爱戴、只不过在本城有点儿名声的谢赫玛德库尔：这些人这回全都上不得舞台。他们将听到一位来自开罗的大歌唱家的演唱，可能是阿卜杜·哈伊，也可能是谢赫优素福，要不就是……反正是很有名的。听说还要从开罗请一些舞女，有一位女歌唱家专门为女宾们演唱。到时候，要张灯结彩，开晚会，当然，还要大摆宴席。呵！这样的大摊子一般人如何操持得了？听说专门从开罗请了人来操办呢！用人们带着农村人惯有的天真议论着，幻想着，似乎这一切马上就会出现。

用人们越讲越起劲儿，他们谈到了男女歌手，谈到掌勺做菜的厨师，想到谁给客人上饭送水，说起开罗来的乐队，算着他们能在这里待几天，早早晚晚会有几场演出。甚至，连赴宴的亲朋好友、权贵豪绅，什么帕夏、贝克①，什么学者、爱资哈尔清真寺②的大教长，统统都议论到了。他们对这一切津津乐道、兴致勃勃，恨不得这些事立刻兑现。我在一边听得明明白白，只不过，我只关心其中的一部分，大部分我都不感兴趣。我有我的心事。

这个工程师诱骗了我姐姐，导致了她的死。随后他伤天害理地把她忘置脑后，又追求新欢。如今，他又要搞这种背信弃义的勾当，并且明目张胆地借宗教、习俗和法律的名义来达到他卑鄙的目的。

不用说，那个我刚结识不久的愚昧无知的赛吉娜不再会接替胡娜迪来操持这个家，讨得他的欢心，任他为所欲为。在这些方面，替代胡娜迪的将是赫蒂彻！赫蒂彻是我最喜欢、最要好的朋友，不论遇到什么灾难和不幸，只有她会给我一点儿安慰，靠着她的帮助，我才承受住了姐姐死后遭受的各种打击。现在，正是这个姑娘就要在那个年轻的工程师心里，在他家中，在他生活中占据一个不该她去占据的位置。因为姐姐胡娜迪曾占据过这个位置，并以她喷洒在旷野上的鲜血为高昂的代价！

我不知道赫蒂彻得知此事会怎么想，是反感、厌恶，还是满心欢喜？我也没细想过，假若我反对这门亲事，不遗余力地劝她别去爱这样一个坏人，她会如何呢？

这些我都没去细想。不过，我当时却非常激动，怒不可遏。我坚信，他们的如意算盘不能拨响。别看他们貌似强大，我叫他这好事做不成！

我也没扪心自问：这胸中的愤怒、信念和决心是真实的，还是虚

---

① 帕夏、贝克，原是奥斯曼帝国时代的官称，后来成为对有身份的豪绅的尊称。——译者
② 爱资哈尔清真寺，是埃及最古老的清真寺，建于约公元970年。——译者

伪的? 我是真心忠于姐姐,维护她的权利,不顾一切地要为姐姐保留这么一个薄幸的情人呢,还是只是以这些想法为借口,用以掩饰我内心不愿吐露,也没有勇气坦率承认的真情呢?

我不知道,也没细究,只是冥思苦想,竭尽全力不让赫蒂彻受骗上当。我是在保护赫蒂彻,帮她摆脱险境,免遭祸害,不使她落入虎口,被那个寡廉鲜耻、无法无天的恶棍糟蹋。我觉得这样做,是出于我们的友情,是为了报答她的恩情,可以说是义不容辞。这种种思想交织一起,浮现在我面前的是忠诚、信义,仿佛面前竖起一面镜子,从中映出一颗伟大、高尚的心,一个完美无缺的高大形象,一个愿为被害的姐姐和面临危险的朋友献身的侠义英雄!

可是,如果离开这面镜子,打开自己的心扉,看看自己心底深处,我就会发现一个极其丑恶可怕的心灵。我并不忠于我的姐姐和朋友,而是想着,是苦是甜,我先尝尝。我自己要投身于这熊熊烈火中,不愿让它烧着别人。

真是这样。不过,我没有去探索自己的心灵深处,也不想去看,只是一心想挫败这桩预谋的亲事,破坏赫蒂彻与青年工程师的关系。这位青年原是属于姐姐的,不久,他应当属于我,似乎姐姐死后,理所当然地应该由我继承。

奇怪的是,这些乌七八糟的想法没有坏我的事,没有影响我的态度,没有改变我的生活规律,一切都照常。早早晚晚,来来去去,有时干得勤快点儿,有时也偷点儿懒,跟往常一样,也许还要好一点儿。我不再那么心神不定,没精打采,不再那样惊疑、焦躁、两眼冒火,看起人来让人害怕,引起人家的疑心和怜悯。我显得温和而恬静,话也多了,嘴角时时挂着微笑,总是春风满面。人们都说是这场喜事冲的,冲得我久病初愈,秉性复原。

那天早晨,客人们来了,一家人喜气洋洋,笑语喧哗。我表面上同大家一起兴高采烈，内心却独自感到无限的悲伤。

啊，女人的力量哟！从此我便相信女人的力量是无限的。啊，女人的手段哟！从此我便相信女人的手段是无穷的，是深不可测的！女人多会巧施计谋，多会乔装打扮，又多能忍辱负重啊！

我看到自己在这场闹剧中，在现实生活中，随时都能随机应变、应付自如，颇有点儿扬扬自得，觉得女人是有些了不起。没有人说我矫揉造作，我自己也不觉得是装腔作势。撒谎骗人，口是心非，阳奉阴违，对我说来，轻而易举，毫不费力，就像吸口气、眨下眼一样，简直只是本能的反应！唉，虽然我不幸的遭遇和满腹的悲哀使我活都不想活下去，更不要说过这种心安理得的日子和充满虚情假意的双重生活，然而在这个世界里，虚伪就像是湿润皱褶中的汗水一样，顺溜得很哪！

第十七章

消息终于传到了赫蒂彻耳朵里。这类消息传到这种中等人家的姑娘那里总是这样：半遮半露、半明半暗，说清楚又不清楚，既要向她透露一点儿风声，又不能和盘托出。赫蒂彻呢，一方面打心眼里高兴，另一方面却又羞羞答答，闭口不谈这事；明明是心花怒放，却又要装腔作势，故意装出一副愁眉苦脸的样子，一旦有人旁敲侧击，她就扭头走开；若是有人单刀直入，她便逃之夭夭。不过，我的朋友尽管不能超尘脱俗，对家里人忸忸怩怩、装腔作势，但对我还是一如既往，天真坦率，无话不谈。她对我毫不掩饰自己心中的欣喜之情和忐忑不安，多少次，我们谈起过订婚、结婚以及与此有关的种种事情。多少次，我们议论过她的未婚夫——那位工程师，数说他的脾气、品德、家庭、财产，其中有的我们知道，有的也不清楚。每次谈及这些，我们一起沉浸在希望与幻想中。我们谈得很细，连一些小事和细节都要谈上半天。我们谈到她要置办的衣服、首饰、家具，还有新房什么的。

在所有这些事情上，我都附和着她，毫不显得勉强，也不显得做作，以至使她从不怀疑订婚、结婚我都会陪伴着她，如同我过去同她一起游戏、读书、背课文一样。我们甚至谈到以后，当赫蒂彻安了家、成了家庭主妇,那时我们该怎么做。那时我们还要继续学习,不能不读书,我们得好好安排一下。当然,我要搬去与赫蒂彻同住,不管怎么说,我也得同她共同生活。这是不成问题的,要知道我是为了她才进这个家的,我的天职就是陪伴她。她也从不愿让别人陪伴,绝不让家里人支使我干与她无关的事情。她还是个小孩的时候,我就属于她、她长成大姑娘的时候,我也属于她;将来她结了婚,当了太太,我还应该是她的人。

是啊,这些话题我们谈过多少次了。白天,当一家人为筹办喜事忙得不可开交的时候,我们一谈就是几个小时;夜晚,周围的一切沉浸在寂静中的时候,我们仍然津津乐道,一谈又是半夜。但是,此时此刻,我的心是不平静的。表面上我是那么坦然,那么高兴,有谁知道,我心里正在翻江倒海!我常常会说着说着忽然停下来,考虑着自己这种奇怪而又极其矛盾的双重心理:高兴与忧愁,许诺与算计,嘴里说长道短、内心则盘算着一件令人伤心的好事。

最初几天是会面、互访、相亲——对方通过眼睛和谈话对赫蒂彻进行端详考查。几天后,一切都有了眉目,气氛变得热烈、明朗,两家人都皆大欢喜,满怀希望地期待着明天。

明天就要公开亲事、正式宣布订婚了。我仍然一声不响,同两家人一道忙碌着。到了黄昏时分,夕阳斜照,天空飘着几丝愁云,气氛显得有些凄凉,使得人们激奋了一天的心情顿时冷落下来,美好的希望上头投下一层阴影,欢乐声中加进一点儿略带忧郁的情调。就在这个时候,我来到太太门前,没等允许便进了她的房间,没等她发话我就关上房门,愁眉苦脸地站在她面前,挂着两行眼泪,一言不发。太太看着我,不但不责怪,反倒像是明白了我的来意,态度格外温和亲切。她一再说,绝不把我与赫蒂彻分开,等她一过门我就跟着过去,她到哪儿我跟到哪儿,她住哪儿我也住哪儿。太太还说,我比她还幸运。

她不得不同女儿分别,而我则不离开自己的小主人和朋友。

对这些话我无动于衷,我来不是为听这番话的。这种话我已经从赫蒂彻那里听过一千零一次,又何必再听太太说起呢?无论是正经事,还是做游戏,太太又何尝能把我和她女儿分开?不,我到这里来根本不是为了听点儿什么,而是有话要说。

我泪如雨下,用平静的声音把一切都说了出来。我原想,我的话对这个女人来说不啻是一阵晴天霹雳,我静静地来到这间屋子,出去时会闹得地覆天翻。不料,我说完之后,停了一会儿,拿眼瞅她时,却没有从她脸上发现一点儿惊讶与不安。我满面羞惭,准备离开。她示意我站住,好一阵工夫,她一句话没说,也不看我一眼。最后,她沉静持重地问我道:"这事你对赫蒂彻说过什么没有?"

我哭着说:"没有,太太!赫蒂彻纯洁无瑕的心灵不该听这些下流事情。我若不是把赫蒂彻和你们全家看得重于一切,绝不会把这个生活在穷乡僻壤、过着贫苦生活的家庭的秘密告诉你的。"

她心情沉重地站起身来,对我说道:"没关系,你放心,你一家的秘密我不会外传。"然后她抱住我,吻我,说道:"你从一场巨大的灾难中搭救了我的女儿!"

第十八章

我说:"是的,太太!我把赫蒂彻从一场灾难中拯救出来了,可是,你想想看,从今往后,我还能在这个家待下去吗?这里的一切都迫使我离开……"

"你说什么?"

我听得出她心不在焉、无心听我细说,便道:"太太,你知道,什么事我都从不瞒着姑娘。我不应该,也不能把我到你这里来的事瞒着她。毫无疑问,她若听说这桩已经开了头的喜事吹了,精神会受到很大的刺激。那时候,我总得设法安慰她,言多语失,难免不吐露一点儿真情。若是不闻不问呢,我于心不忍,这岂不辜负了她的恩德!我该怎么办?所以倒是马上离开为好。既然命中注定我多灾多难,那就只好听天由命了!"

"你想上哪儿去呢?"

"不知道,先离开这儿再说。总会有地方去的。"

第二天,天还没亮,我就离开了局长家。其实也没走远,我要就近看看这两个相好亲家一夜之间如何变成冤家对头。

我进东家,出西家,最后在那个名叫朱奴拜的女人家里待了一天多。

这个女人是我在村长家认识的。

时近中午，我来到朱奴拜家。她正站在那里卖粮食。面前围着一堆女人，这个要买麦子，那个要籴玉米，另一个抓着蚕豆问价。有的现金交易，有的要求赊账。朱奴拜手忙脚乱，连嚷带喊地应酬着。她的舌头一时都闲不住，面部肌肉紧张地抽动。脸上的表情千变万化，刚才还是愁眉苦脸，转眼间又笑逐颜开。她的两只眼睛、两片嘴唇、两道眉毛都在说话，一会儿骂这个，一会儿又跟那个开玩笑。有时努嘴呲舌，指桑骂槐；有时叽哩呱啦，大喊大叫。她这样风风火火地忙着，那些女人偏喜欢跟她闹，一边买东西，一边逗她。一群小伙子在不远的地方看热闹，互相打趣、逗乐、寻开心。

朱奴拜见到我，倒是认出来了，只是不太热情。她先从头到脚把我打量了一番，然后用她那尖细的声音说道："噢，你来了？村长家分手，好久没见了。我可是一直等着你，我知道你准会到我这儿来，求我帮忙的。"

我说："是从卦上知道的？"

"也许是。卦上的事，有的你已经知道了，有的你还蒙在鼓里。你先到上边屋里，把包袱放下，休息休息。过一会儿我才能腾出手。你要是饿了，先忍一忍，吃饭时间还没到哪！我看，你倒也不在乎吃饭时间，你随时都可以吃。你们这些姑娘就是这样，总是不管三七二十一，先把肚子塞饱。谁知道呢，也许你们要干的事……"

我转身上楼，她才停止了说话。来到她指给我的屋子，还听到她在背后又是挖苦、又是打趣地说："你跑吧，跑吧，逃得远远的。你那双干净耳朵觉得我的话难听，是不是？你怕脸红，不好意思，可是你骗得了别人，却骗不了我。其实，你们这么大的姑娘最喜欢听这种话了，比这更难听的话也不在乎，偏偏要装出规规矩矩、羞羞答答的样子。"她胡说八道了一阵，见我不理会她，这才住了口，又去忙她的买卖，与别人寻开心去了。

过了一阵，她才微笑着悄悄地来到我跟前，问我母亲和姐姐的情况。我照实说了，她听后半信半疑，说道："你现在要找活儿干吗？你愿意在哪儿找差事？你打算怎么生活？凭你这俊俏的身材、漂亮的脸蛋，能让小伙子神魂颠倒，使男人们心荡神移。凭这长相，保你有享不尽的荣华富贵。小伙子、老头子都得听你摆布，任你玩弄。"

我真生气了，冲她嚷道："别说了！我什么也不要你的，什么也不求你！我到这儿来，不过是顺便跟你告别，我要离开这儿了。"

她眼珠子转了几转，脸上露出一副嘲讽、挖苦、不以为然的怪相，一阵冷笑，接着又阴阳怪气地哼了一声。聚集在那边的小伙子准是听到了这一声哼，不禁哄然大笑。这笑声更增添了她的兴致，我却感到害臊，低下了头。听她说道："别怕，别怕！我不会像卖粮食那样把你卖掉，也不会强迫你干你不愿干的事。我不过是把几种货色亮出来供你挑选，看来你讨厌这几种货色，或者说是装出讨厌的样子，那我还有别的货色呢！孩子，你相信吗？你就是这会儿走了，还会回到我这儿来，求我办你刚才拒绝的事的。别把话说死了，干这种营生你既不是第一个，也不会是最后一个。我猜想你是想找一个先前那样的差事，那你干吗离开局长大人的家呢？嗯，这是你的秘密。其实，像你这样的姑娘对我这样的长辈是不该有什么秘密可保守的。你最好能把事情原原本本都告诉我，我好指点你。说吧，你是为什么事出来的？是偷了东西，还是闹别扭了？是因为你撒谎，还是因为你爱吵闹？是惹老爷生气了，还是让太太不高兴？要不就是和局长家小姐闹翻了，或者你把他们全家人都得罪了。在这城里你还能找到像警察局长家这样的人家吗？再说，他家正在筹办喜事，你怎么能在这种时候离开？放弃你本来可以捞到手的许许多多的礼物和奖赏，真可惜！他们必定会送给你一身漂亮的衣服，还有那些老爷、太太会把一把一把的钱塞到你手里。你这傻瓜怎么连这些都放弃了！你是甘心情愿这样做，还是迫不得已？又都是为什么？你倒是说呀！我不喜欢人吞吞吐吐的，我不弄清楚，心里就不舒服。装模作样，故意隐瞒，都没有用。你今天瞒住的，我明天就能搞个水落石出。哼！到不了明天，不等太阳落山我就能知道。一个像你这样不到二十岁的姑娘要能瞒得过我去，那我就不是朱奴拜了，这满城前街后巷里的人家，老户头，新户头，走了的，留下的，哪家的事我不是一清二楚？说吧，你是怎么从局长家出来的？或是怎么被赶出来的？"

她的问话犹如咆哮的洪水劈头盖脸而来，刨根究底得让人难堪。我只好站起身，走到包袱跟前，拿起包袱，朝楼梯走去。但是，没等我走到楼梯口，她就把我拽住了，夺过我的包袱，用她那一双有力的手臂搂住我，然后又是拥抱，又是亲吻，一个劲儿地劝我，逗我。我只觉得讨厌，可气。这时，我要是任着性子，就会大喊大叫地求救。我暗自责备自己：真该死，我怎么一时糊涂，投奔到这个老婆子家来了。

朱奴拜极力装出和蔼可亲的样子，说话声放低了，话也中听了。她有意撇开前头的话题，扯一些闲话，挽留我安心住下。

我们心平气和地谈了半天，有时说正经事，有时是瞎扯。渐渐地我对她消除了戒心，不再反感，甚至为她的热心肠所感动。就这样，我们随随便便、无拘无束地度过了好几个小时。吃完午饭，我们又聊起来，真诚相见，各自讲述了自己的痛苦与不幸。于是，我们各自都发现对方在人们所熟知的外表下隐藏着痛苦。我们互相同情，又各自伤心，后来竟一起抱头痛哭起来。半天工夫，我们就成了亲密无间的朋友。不过，我还有点儿谨慎，没有把自己的秘密全部端给她，只说姐姐去世了，我是和用人们斗气，受了委屈才离开局长家的。朱奴拜听了，半信半疑，不过，这回她不想再细究，只是表现出一副悲天悯人的样子，答应明天就给我找一个舒适而体面的差事。晚上，她定要留我过夜，我同意了，不消说又是一夜长谈。

　　早晨，她出去了。大约过了一个小时，她兴致勃勃地回来，见面就说："我给你找到个差事，你定会满意。你就要在你母亲先前干活儿的那家人家当差了。你还记得那家主人的名字吗？你认识他吗？那可是一个殷实人家。也许看起来不如局长家那么排场，但你会发现这个家不仅日子过得美满，而且为人厚道。太太心眼儿好，待人和气。几个闺女都不错，东家没让她们上学，也没请先生，说是怕学坏了。倒是把几个儿子都送到开罗去上学，盼望他们日后成为局长、法官、工程师那样的达官贵人——谁家不是望子成龙呀！到夏天，儿子们从开罗回来，一家人欢欢喜喜，跟过年过节一般，用人们也跟着沾光。多少年了，打从他们家搬来起，我就是他家的常客。我喂养过他家的儿女，还认了其中一个做干儿子，那孩子真有出息，日后会当大官儿的。他挺孝敬我，给我不少好处呢！"

　　"你是怎么认他做干儿子的呢？"

　　她笑道："这种风俗你都不知道？他还是婴儿的时候，我就把他贴肉抱在怀里，从领口放进去，再从下摆掏出来，就像我生了他似的。我对他有母亲的权力，他对我有儿子的义务。在这家干活儿你会满意的。好在只有几步路，一早一晚，我都能看见你。白天我也在那边帮忙。我同太太谈起了你，她认识你，你妈你姐姐她都认识。这回一说，她就非常乐意地答应了。我们快去吧，我从那边过来的时候，说好过一会儿就带你过去的。不瞒你说，他家与局长家关系挺不错。开始太太听说你刚从局长家出来，有点儿不愿意，后来，想到你母亲的为人，总算有点儿交情吧，她不忍心丢开你不管，怕你像那些不幸的姑娘一样沦落风尘，这才满口答应。快走吧，我们以后说话的时间多着哩！"

　　我随她站起来，毫不怀疑她的一番好意，并在心中升起一线希望：也许有一天她能帮助我实现我的夙愿。

第十九章

我们来到一个农家式的庭院。从外表看,这是一个富足的小康之家。富有而不豪华,显得十分简朴,还保持着农村那种随便、粗疏、毫不讲究的生活方式。在他们看来,什么整理修饰全都是多余的。只要一进这个家,你就会发现这家人钱是不少,可是,正像俗话说的,都是些乡巴佬。东西很多,却到处乱扔,杂乱无章,一点儿也不协调。无论什么东西拿进来随手一丢就再没有人去动它。

这个家男女客厅没有什么区别,甚至客厅和饭厅也看不出有什么差异。哪儿有椅子就在哪儿会客,凑巧待在哪儿就在哪儿吃饭。来了客人,会客的地方就是吃饭的地方,也是客人过夜的地方。

家里有的是凳子、椅子,可人们喜欢席地而坐。只有来了客人才会想到椅子、凳子的用处。

在这个家,人同牲畜、家禽混在一起,鸡随便乱跑,弄得到处是鸡爪印和鸡屎,只有一两间屋费了好大劲才没让鸡糟践。夏日酷暑,一家人就在离牲口不远的地方纳凉、过夜。只要凉爽,他们才不管什么牲口不牲口呢,这是一种土财主的生活。他们也想讲点儿文明,摆点儿阔气,但是刚学上一点儿,就停步不前了。

这家的太太、小姐倒没有架子，他们同用人一起干活儿，一起聊天。我一见这种情景便料到，我今后在这里的生活很可能是苦乐各半，后来证明我的预感是对的。我在这里过着舒服的生活，却也尝到了苦恼的滋味。舒服的是，我又回到那种朴素、自然的农村生活里，和这一家人和睦相处，不分彼此，几乎看不出主仆之间的差别。但是，不动脑子，心如死灰，那还叫什么生活呢！我并不是留恋奢侈的生活，也不怀念赫蒂彻，我已经不想再陪伴她了，反而把她当作了对头。我曾假情假意地说要保护她，其实是在同她争斗。嘴里说拯救她，实在是欺骗了她。说是不能陪伴她如何遗憾，实则，内心正在为战胜了她而庆幸。但是如今，日日夜夜，早早晚晚，当我干着繁重的体力活儿，或是同这家人扯着那些极其无聊的话题时，我却是多么伤心，多么痛苦，多么后悔不迭，感到惆怅和绝望啊！

跟赫蒂彻一起读书的情景再也不会重现，自己一个人看书也不可能了。那些阿文和法文的图书在哪里？那些书曾陪伴我消磨时光，度过多少白天黑夜，我是爱不释手的啊！如今，我失去了读书的机会，来到一个没人读书、又没有书读的家庭。不错，男主人是读书的，只是一早一晚读。我曾留心听过，甚至能背下他读的某些章节，然而他读的那些东西和我有什么关系？！他读的无非是《古兰经选读》、祷文以及行善指南之类，与我毫不相干！

我离开赫蒂彻家时，一本书都没带出来，怎么带得出来呢？那些书全是赫蒂彻的，我一本也没有。我曾想过不知多少次：哪儿可以搞到一本书呢？这个镇子上没有书卖？逢集或是礼拜四倒是有人在市场上摆书摊，有时也走家串户叫卖，可里边没有我要的书，只有一些引不起我兴趣的书，如讲魔术的小册子之类，再就是一些我一无所知的宗教祷词。

赫蒂彻家那些印刷精美、装帧漂亮的书一本也看不见了。那些书都是从开罗买来的,别说看内容了,望一眼都舒服,拿在手里就是享受。难道说我这一辈子就这样与书断绝了缘分?难道我又要回到过去,成为一个土里土气的农村姑娘?成天从事这种机械的劳动,这跟周围的动植物有什么区别?

这家的少爷们从开罗回来了。我看见他们从皮箱里掏出那么多大小不同、厚薄不等的图书,印刷好坏也不一样,精装简装的都有。但这些书哪有我的份儿!怎么才能看到,又怎么才能得到它呢?望着这些书,我心动了,想出一个点子,稍微犹豫之后便下了决心。真是,偷偷拿一本书有什么关系?!看完再送回原处,原物奉还,这能算偷吗?能说是犯罪吗?安拉做证,我没有偷窃过,也从不想偷人家的东西,除了这一次。安拉做证,我从未因此而责备过自己,也并不担心自己会堕落犯罪,受到惩罚。有几个星期,我怀着异样的心情,开始学习一种我过去一窍不通的本领,提心吊胆,却又别有乐趣。我偷了多少书啊!我把偷来的书藏在衣服里,然后转移到一个安全地方,谁也发现不了。等没人的时候,我就拿出来看,有的让我着迷,有的没什么意思,随便翻翻就是。我在这种偷偷摸摸提心吊胆和如饥似渴的阅读中找到了乐趣。这乐趣改变了我的生活,几乎把那些充塞我心胸、时时为我勾画出局长家、工程师家、赫蒂彻和年轻工程师形象的忧愁悲愤一扫而光。

真的,如果不是我在一天夜里给主人上菜时听到一番谈话,这种新的生活几乎驱散了我心中的一切苦闷。我听到老爷和太太在说局长家的事,心中一阵慌乱,若不是我强自镇定,手里的东西都会摔在地上。原来局长调到临海的一个市镇去了,是他自己要求调的,为此托了不少人情。人们纷纷议论,有的说他这是为了保全女儿,让女儿躲开那位订了婚又退婚的工程师;有的说是工程师看出了什么,主动解除婚约的;也有人说,是局长执意要断绝这门亲事,因为他发现那青年品性不好。

听了这些话，我心里难以平静。我尽量克制自己，迫使自己在伺候别人时保持常态。可是当我一个人独处时，我的心就再也不能自已了。晚上躺在床上辗转反侧，悲切不安，以致彻夜失眠。好容易熬到天亮，黎明的曙光照进我的心里，带给我一线希望，虽说拌和着淡淡的哀愁，但无论如何，它总是一线希望。为了这点儿希望，我破坏了赫蒂彻的婚姻，甘受委屈，离开了局长家。现在，气氛适合，条件成熟，我和这个青年工程师之间可以短兵相接了，一场殊死的搏斗就将在我与他之间展开。迟早我要让他知道，胡娜迪的血不能白流，在这个世界上还会有人为她报仇雪恨！

第二十章

  连着几个星期,我心乱如麻,怎么也理不出个头绪,怎么也找不到一个万全之策来实现我的夙愿。看来,我只有去侍候那个青年,但这谈何容易!我在这里当用人,人家待我不错,我借什么机会脱身?赛吉娜在那位工程师身边,并没觉得委屈,他也没有辞退她的理由。

  这段时间,我一直处心积虑地寻找脱身之计,同时策划迫使赛吉娜离开那个家的计谋,不过,我不想使坏,也不愿得罪人,这就更难办。吃饭的时候,我听主人谈起大儿子调动工作的事。大少爷在一个边远的省份任职,他本人和家里人都希望调回本市,正在设法同本市的一个职员对调,实现两全其美。经过一番周折,讨价还价,双方才总算达成协议,剩下的问题只是通融上司认可了。一家人对这件事特别关心,有时觉得希望很大,有时又感到渺茫。老爷、太太望儿心切,恨不得立刻实现,马上让在上埃及工作、离别已久的儿子飞回身边。事未办妥,他们就在筹划着儿子的住房,房中的家具、陈设该添什么、该买什么,面面俱到。一旦这位读过书的少爷回来,这家的规矩就得变。他过惯了奢侈舒服的生活,衣着讲究,会说一口法语,不惯于一家人坐在地上围着矮桌吃饭。桌子上总要摆上一个白色的铜盘或是黄色的托盘，那盘子一摆上，大小孩子一齐围上去，乘大饼未放进盘子之前，吃力地读着盘上刻的一些铭文。是啊！他绝不会像家里人那样用手抓饭，而是用非常讲究的、只有阔人才用的餐具进餐。对此，父亲嘴里嘟囔着，不以为然，但心里却很高兴。儿子当然明白这点，对父母的抱怨总是笑而不语。父亲一离开，他们就嘻嘻哈哈，说俏皮话。母亲听在耳朵里，看在眼里，偶尔也说他们两句，心里仍是乐滋滋的。这些话我听得真切，并没当作闲话，而是反复思索着一个问题：这个在上埃及工作的儿子可以同那个离家在此工作的科普特人①对调，那么是否有办法让我和赛吉娜也来个对调呢？

但是，怎样实现这种对调？怎么向赛吉娜提这件事？又怎么解释这样做的理由呢？赛吉娜在那里称心如意，得到主子的宠幸，谁也管不着她，她何苦要离开那个家，而到这个既没清福好享、又没有年轻英俊的工程师的家里来呢？退一步讲，就算赛吉娜被说服了，同意我这个荒唐的建议，她又如何跟主子去说？我又怎样找我的主人谈？不，这是白日做梦！无论我动什么脑筋，总也突不破冒险和使坏的圈子。看来要想达到目的，就不能不冒险，不能不作孽。

就是说，我得使坏，得设计脱身，还须使点儿手段，让赛吉娜离开那位工程师的家。真是，既怀歹心，何愁无计，诚心欺人，骗术何难。一个女人要设计谋耍手腕还不易如反掌？！

赛吉娜那边好办，只消去会会花匠，用钱买通他，他自有办法去坏这姑娘的事。事情一旦办成，赛吉娜被赶走，花匠老头就可奉主人之命到朱奴拜那里托她雇人，那时候……

至于我从这个家脱身，那却再容易不过了。这个家并不需要我，当初，他们只是因为可怜我，同情我，并且是看在我母亲的面子上才收留我的。我在他们家近乎客人身份，来去还是比较自由的。然而命

---

① 科普特人，为古埃及土著中信奉基督教的民族，原籍多在上埃及。——译者

运的安排，没有让我去找借口、寻托辞离开这个家，而是注定了我被赶出这个家门。

我时常想起这些事，心里充满了对那些纯朴的人的爱怜与同情。他们思想单纯，对什么事都看得那么认真。如今人们谈起这种纯朴作风，刻薄的人便会挖苦、嘲笑，只有那些没有忘记过去、喜欢过那种没有虚情假意生活的人才会露出赞许的微笑。

白天的大部分时间，少爷们都用来读书，他们一钻进书里就什么都忘了，吃饭也喊不动。这常常让老头子生气，同时他也更疼爱他们。这一家人，当然首先是父亲，看到年轻人埋头读书，刻苦用功，就十分满意。你看，这些小伙子多么勤奋，多么忙碌，他们在开罗干了整整一年还不够，假期都不肯清闲清闲，还在苦读。从早到晚只知看书，午间也不休息，知识对这些聪明人的吸引力可真大啊！他们热爱知识，攫取知识，精通学问，然后文凭到手，做官为宦，月月领薪，供养父母。他们可真有出息啊！

一家人谈起这些津津有味，而且加上种种幻想，女主人更是想入非非，时常用一些城乡妇女惯用的简单、纯朴的语言向安拉祈祷，但愿这一切早日实现。为此，她对那些长老们没少许愿。

老头子从不放弃任何机会向朋友们夸耀他的宝贝儿子们如何勤奋读书，以至于引起朋友们的厌恶和忌妒。他回家跟老婆子谈起这事，她真担心这些忌妒的人会坏事。渐渐，这位好心的父亲对那间摆满图书的房间产生了兴趣，时常趁儿子不在，小偷似的溜进房间，站在摆满书的书桌前面，对那些大厚本书投以敬重的目光，有时还会小心翼翼地伸出手去，轻轻摸摸这些书，自觉荣幸之至，仿佛他已沾了这书的光，从中寻求到了他所企望从列位圣贤那里得到的东西。

他太喜欢这些书了，热切希望看看这些经典，于是鼓起勇气，恭恭敬敬捧起一本，想记住书的题目，好出去在朋友跟前卖弄炫耀。

或者读它两行，管它懂不懂呢，不懂最好，那更说明学问高深，不是凡夫俗子能理解的。这样一想，他对年轻人也就愈加钦佩。嘿！他们居然知道父辈所不知道、不理解的事物。他也曾十分难为情地让孩子们给他讲一点儿他们读过的书，让他能分享一点儿他们从早到晚都用以填充自己心灵与头脑的知识财富。使他苦恼的是，他一流露这意思，孩子们就回避，谁也不肯讲。于是他只好沉默，满足于自己的无知。他经常在老婆跟前报怨那些有学问的人保守、吝啬，只顾自己享受，不愿让别人分享一点儿，这可真叫他伤心、恼火。老婆安慰他，半真半假地说："那些读书人对无知的人保守知识，是对学问的敬重，也是怕那些无知的人听不懂，自寻烦恼。"他听了有时觉得有理，有时也同她争几句。

就这样，在这个纯朴的家庭里，这些年轻人和他们的书都处于被崇拜的地位，但有一天，这家里却出了个大乱子，闹得天翻地覆，一家人别扭了一整天。老头子大骂儿子们没出息，不成器，辜负了他的期望。我是这场灾祸的根源。因为我的过失，我被撵出了这个家，而这正是我求之不得的事。

原来，我也爱溜进书房，偷着看书。在这一点上，并不亚于主人们，而且，如前所述，比他们更甚。我不只看，还偷，把书藏在衣服里，钻到没人的地方，一口气看上几个小时，真来劲！后来，我发现有一本封面难看、装帧极差、印刷纸张也很低劣的书。小青年们特别着迷，你抢我夺，争先恐后。最后大家商定，轮流传阅，限定时间。这可引起我极大的兴趣，想知道这本外表不起眼的破书到底有什么魅力，让小青年们如此神魂颠倒，拼命争夺。我曾多次找这本书：但翻遍了书架都没找到。后来我才发现，他们一看完这本书，就把它藏起来了。这更引起我的好奇，更想寻根究底、非找到不可。一天，我听说少爷们也应邀去赴午宴，有好几个小时，书房里空空无人，心想，机会来了，发誓一定要找到它，看个够，饱饱眼福。等少爷们一走，我匆匆干完自己的活儿，便敏捷地溜进书房，花了很长时间，东翻西找，终于发现了那本书。呀，真叫人高兴，太好了！我当时那股兴奋劲儿就甭提了。这是一本外表难看、纸张印刷都很糟糕的书，名字叫《一千零一夜》。我抓在手里，急切地读着，读啊，读啊，忘记了自己，忘记了所在。忽然我听到脚步声，书房门开了，主人走了进来。哈，他跟我一样，也是来钻空子趁屋里无人，进来用虔敬的目光看看这些书，用手轻轻抚摩一番，然后再记几个书名、读上几段，晚上出去又可以在朋友面前卖弄一番。他猛然看见我正在看一本书、一本他从没见过的书，便问我在这儿干什么、干吗动这些书。我正想把那本书藏起来，他却一把从我手里夺了过去，大声呵斥，把我赶出书房。不大工夫，只见他气急败坏地冲出书房，手里攥着那本书，走到他老婆面前，把书朝老婆脸上摔去，气势汹汹、破口大骂他那可怜的老婆和倒霉的儿子。他唠唠叨叨警告妻子：这样下去要遭殃，要倒霉！他时而暴跳如雷，时而唉声叹气，数落个没完。说他对儿子们多么失望，原以为他们勤奋好学，以至于废寝忘餐，谁知道他们竟是这样胡闹，成天鬼混，不走正道，整天看这些乌七八糟的东西。谁知道呢，也许在开罗也是这样。哼，他却以为他们在那儿刻苦求学呢！他省吃俭用，拼命地干，却供儿子们去干这种丑恶勾当！他们不仅浪费了自己的青春年华，辜负了父母的期望，而且还会毁了这个家。难道他们不知道，这样的书传进哪家就会毁掉哪一家吗？

随后，他又奔回书房，把屋子翻个底儿朝天，直到把那部书的其余部分都找到，气冲冲地把书撕了个粉碎，烧得一干二净，才放下心来。

晚上，青年们回来了。你就别问，他们看到的是什么阵势，听到的是什么样的责骂，他们一个个又如何噤若寒蝉、吓得一声不吭了，反正这件事直接的结果，就是把我赶出了家门。我又回到了朱奴拜那里，住在她那间小屋里。我在那儿住了好几个星期，等待着命运的安排，也等待着拿双份工钱的花匠的消息。

第二十一章

"阿米娜,明天你就有事干了。以前的差事都不中你的意,这回你可该心满意足了。不要再想着局长家了,别再提你惹出乱子的那家人了。这份差事钱多、舒服、轻松、自在。说是当差,不如说是享福。我要是处在你的地位多好,我要是能回到你的年纪多好啊!你就要一面当差一面享清福啦!"

朱奴拜激动得又蹦又跳,高兴得手舞足蹈,那副模样简直俗不可耐,表情、手势之外,似乎浑身每一个部位都在颤动。她那样子,不像是一般的高兴,倒像是发疯发狂。她向我扑过来,吻了我一下,拉我起来,同她跳舞。她满屋子不停地快速旋转,转得我头晕目眩,连她带我一起倒在地上。这一阵,她手脚不闲,嘴也不停,不让我插一句话,我只能任她摆布。她简直成了个精灵、妖怪,屋子变成了她纵横驰骋的战场。直到后来,双双摔倒在地,她才算了。

这时,她才把话说清楚,我也才把话听明白。原来,那位年轻的工程师要雇一个女佣,派人请朱奴拜替他物色。为此,她将得到一笔酬金,数目多少要看她明天领去的女佣的情况而定。哦,她不只为我庆贺,也为自己高兴啊!她替这个青年人找过多少用人,又从他那里得过多少佣金啊！但她从未介绍过一个像我这样的姑娘，这样容貌俊俏、身材苗条，这样聪明伶俐、心灵手巧，又深知那些纨绔子弟的脾性，她会得到加倍的报酬。我呢，则会在这富贵华丽的家里，侍候这位阔少的同时大享其福。家中就他一个，没有女主人发号施令，没有别人与我争宠，假如我乐意，我可以独揽这一家的大权，控制这位青年的心——他的心对善于接近他和占有他的姑娘永远是敞开的。

她一面说，一面嘻嘻哈哈笑个不停。然后她又扑到我身上，紧紧抱住我道："我又羡慕你又忌妒你，羡慕是因为我喜欢你，忌妒是因为我真想处在你的位置，把这个家抓在我手里享享福。"

我听她说着，报之以微笑。她哪里知道，这一天是我早有预谋、早就策划好了的，是我用钱买来的。我早就盼着这一天，相信它一定会到来。多少天来，我一直静候着这一天的到来。这一点，我对她丝毫没敢透露。实现我的计划需要决心也需要计谋啊！

黑夜把我们两颗心分开了，真个是同床异梦。我彻夜不眠，睁着双眼抚今追昔，思前想后。她却在做着春梦，算计着她已经得到和将会得到的酬金。也许在重温旧梦，寻找往日调情的乐趣，身子扭动着，嘴里哼哼唧唧。我看在眼里，听进耳中，激起我的同情与伤感，同情她一生过着卑贱的生活，没有真实的感情，没有深刻的思想；伤痛自己正是由于重感情、有思想才落到这个地步，过着这种多灾多难、漂泊不定的生活。

这一夜我都没合眼。无疑，这深沉的夜晚是漫长的，但我却没有感到它的漫长难熬，杂乱无章的思绪和幻影填补了这夜的空虚。亲爱的可怜的姐姐啊，是你的影子伴随我消磨长夜。你一发觉我孤身独处，便向我飘过来，在近处停住了。你说什么，我虽然听不见，心里却都明白，那些话我觉得亲切，又使我心碎，仿佛我们在往西走，仿佛是在村长家的楼顶上，你呆呆地站在露天里，茫然失神。我呼唤你，跟你谈话，让你安静。啊，你靠拢来了。坐在我身边，低下头，靠在我肩上。我用手轻轻抚摩着你那被泪水打湿的脸颊，与你抱头痛哭。然后我们渐渐平静下来，我抚弄着你浓黑的头发，你几乎要安然地睡去了，但你却又站起来走了。过了一会儿，你又神情恍惚地走了回来，我又一次亲切地迎接你、安慰你。那些红影子又来了，就像我们登上那次罪恶的旅途之前，在村长家里那样，浮现在我们眼前。你一见它们就如醉如痴，朝它们奔去，化作一个红色影子，和它们一起，把我团团围住，摇摇晃晃，争着跟我说话。我害怕，我悲伤，我要疯狂，我想大喊。我又像是在西部山村发病，看见了那眼臭泉喷涌的血水……我心惊肉跳地爬起身来，想逃出这间屋子，可是上哪儿去呢？

是啊，我这样一个姑娘家半夜三更上哪儿去呢？把这个躺在一边做着春梦的女人叫醒吧，叫醒她，跟她说说话，一起消磨残夜。可是，我刚要过去，那些红影子就把我围了起来，姐姐也向我冲过来，脸上挂着凄楚、哀求的神色，像是在说："千万别叫醒她，她会吓唬我们，把我们赶跑。你何必怕我们呢？我们不是早就互相熟悉了吗？难道你把我们都忘了？"

不，不！我没有忘记你们，也绝不会忘记。我不会把你们从我心中驱逐，也不唤醒这个让你们害怕的女人。你们留下吧，跟我在一起，同我说说话，谁知道呢，也许有一天，我也会成为你们中间的一个，穿上那件我既感到亲切又觉得可怕的殷红的外套。

亲爱的小鸟啊！你的叫声越来越近，送来了安静，也带来了悲伤。我完全清醒了。这样我就可以明白地回忆往事，深谋远虑地迎接未来。

是的，你的叫声传进我的耳朵，钻入我的心房，充满了我的心田。我明白你的用意，告诉你吧，我没有忘记姐姐，没有忘记她的死。我清楚地知道，是谁把她推下深渊，是谁让她饱尝死的痛苦！明天，我就要到那个工程师家去了，住在姐姐住过的地方，干着姐姐干过的差事，但我绝不会遭到姐姐那样的下场!

亲爱的小鸟啊!我听到了你的呼唤,理解你的意思。你瞧,我已经恢复了理智,浑身充满了力量。只等黎明到来,我就动身到工程师家去,心里布满阴暗,脸上露出笑容。

第二十二章

　　新主人朝我走来,脸上露出满意的微笑。他朝我脸上端详了半天,又把我从头到脚看了个够,就像他是在挑一件他要买的东西,如果可能,他还会走过来,再伸出双手摸一摸。看来,他还懂一点儿廉耻,没有动手,只是长久地注目,那目光简直能把女人身上的衣服剥去。面对这样的目光,我又慌又气。

　　不过,我尽量克制住自己,不让他察觉出我的慌乱与恼怒,或是避免丝毫地会引起他不满的情绪。他问起我的名字和身世,我撒谎说,我叫苏阿德,并用早就编好的话应付他。他兴许是信了,也许根本就没留心听,而只是想听听我的声音和谈吐。然后他叫我靠前、退后、向左、向右,我都顺着他。我内心的不安渐渐消失,不慌不忙地靠着理智行事。心想,这家伙,年纪不大倒真懂得怎么买奴隶!

　　夜深了。他在黑沉沉的夜色中朝我鬼鬼祟祟地走来,像蛇又像贼。他没料到我会站在这里对他笑脸相迎。他一走进房门,发现我像一个幽灵似的站在屋子中间,苍白的脸上挂着一丝微笑,便不由地愣住了,退后几步,强作镇静道:"怎么,你还没睡呀?你知道现在什么时候了?"

　　我说:"快半夜了。主人未睡,我是不该睡去的。谁知道,也许他有什么事呢。"

他的神色镇定下来,于是又操起平素他那无耻和戏弄的腔调道:"我从没见过一个仆人像你这样体贴主子,等他等到深更半夜。我还以为你也跟以前的女用人一样,早就睡着了呢,那可得费点劲儿才能把你弄醒。我真不明白,仆人的觉为什么睡得那么沉,跟死人似的。"

我说:"等候主人,省得他费力劳神,这我从开始伺候那些夜不归宿的达官贵人时就习惯了。老爷有话请吩咐!"

他流里流气地笑着说:"你的主人让你跟他走。"边说边向我伸过一只手来。

当时,我若是能够,真想砍断这只手!然而,我只躲闪了一下,不让他抓住我。

我跟在他后面向他的房间走去。

这可怜的家伙还真以为我在等他,他要是能钻到我心里,听听我的心声,就会知道我哪里是熬夜等他,我是在同那些红影子夜谈呢!假如他看到这些红色影子,准会吓得魂飞魄散,逃之夭夭。然而他看到的只是我,想的也只是我。他与这些红色影子原是不相干的。

第二十三章

一小时之后，我扬扬自得地回到自己的房间，更加相信自己的力量。

刚才，在这个仇敌选择的战场上，我已同他较量了一阵，揭开了我们之间斗争的序幕。在他的袭击面前，我没有示弱，没有怯阵，镇定自若地战胜了他，然后甩开他，让他吃不着，干着急，哭笑不得。要想戏弄他并不难，只消用一点儿诱惑迷人的微笑、钩心夺魄的忸怩样子、少女羞羞答答的姿态，时嗔时喜，时张时弛，就足以对他擒纵自如，弄得他时而眉开眼笑，时而愁眉苦脸。

我原估计，第一个回合将是非常激烈、充满恐惧与危险的生死搏斗，要么软弱，被他征服；要么坚强，反而战胜他。不论结果如何，我都会被粗暴地赶出这个家。但是，我克制了自己，他也没敢放纵，从而使这第一个回合成了远未结束的斗争的开端，决战往后延期了。他以为这事过不了多久，我却认为还遥远得很。我帮他整理了一下屋子，替他收拾了一下东西，便出来了。他心情沮丧却装出一副高兴的样子说：

"没什么，你需要训练和教育。"

我刚回到屋里，关好门，姐姐以及陪伴着她的那些影子便出现了。她们好像在等着我，等着听我和仇人较量的消息。我正想给她们讲述我刚才的见闻和搏斗的经过。可是，怎么啦？她们看了我一眼，苍白的脸上露出满意的微笑，就忽然隐去，如同黑暗一下子把她们吞没了一般。我原想同她们待到天亮，像刚才主人偷偷摸摸上来之前那样，同她们聊聊。可是，四周空空再也不见她们的踪影。我在心中呼唤她们，但始终没有结果。她们在我眼前、在我心中消失了，带着回忆一道远去了。我回忆也回忆不到，想也想不来，只好上床睡觉，人的体力是有限的，疲劳开始施展它的威力，前一夜我没合过眼，这一夜又过了大半，天上的星星黯然失色，天将破晓，无论如何，我得休息一会儿了。

好姐姐，为了让我休息，你和那些红影子离开了我，你们对我真是体贴入微啊！我遵照你们的意愿，面对强大阴险的对手，我没有卑怯示弱，没有被他制伏，你们自然是满意的，自然要更加关心我。我真想知道，假如我违背了你们的意愿，答应了主人用眼神、双手和舌头表露出的无耻要求，你们还会这样体贴、这样关心、有意避开、让我安心地睡觉吗？

第二十四章

我和主人的关系渐渐变得难办、复杂和紧张了。忍耐是有限度的，拖延也有尽头。一味宽容岂不要发展成屈服吗？我的主人是不可能在我这样一个无依无靠的女仆面前低头认输的，我既没有强硬的后台，也没有力量保护自己不受侵犯。他只要说上一句话，就可以让我留在这里养尊处优，同样也是一句话，就可以把我撵出去，四处流浪。这句话在主人肚子里憋了好多天了，可是每次都是话到嘴边，刚要脱口而出，就又把它咽了回去，闭口不谈了。真不知他葫芦里卖的什么药。

白天他往往出去办事，我一个人待在家里，倒很安然。他一回到家，气氛就紧张起来，他总是死乞白赖地向我提出那个要求，那副样子又可气又可悲。一会儿他像一头雄狮凶猛可怕，一会儿又像只老鼠，软弱胆怯；时而摆出主人的架势，盛气凌人，时而奴仆般低三下四。他信口胡说，废话连篇，花言巧语，软硬兼施，又是讨好乞求，又是威胁恫吓。有时，他眼里冒火，有时，又显得沮丧可怜。他围着渴慕追求的目标团团转，就像一个崇拜者围着偶像那样；又如一个贼似的，守着人家房子转悠，好伺机钻进去。

早晨，我容光焕发、面带微笑去见主人。他过着英国式的生活，每天起床之前，我需给他送上一杯热茶和一些水果。我刚进门，他就抬起他那双充满复杂感情的眼睛望着我。那十分矛盾的眼神里有爱、有怨、有希望、有恫吓、有欲火、也有冷漠，显得既亲切又疏远。所有这些，我都看到了，感觉到了，但是，女人的力量哟！……我端着茶水、果子走过去，向他请过早安，就像什么也没看见、什么都没感觉、什么都不理解，带着一种得意而又有些怜悯的心情离开了他。这些天来，我对自己又得意又生气，对他既幸灾乐祸又觉得可怜。得意的是，我为了报复这个坑害了我姐姐的家伙，同他保持一种若即若离的距离，让他可望而不可即。同时又觉得这样玩弄他，太缺德了。我为自己创造了一个肮脏、龌龊的环境，从早到晚都生活在这气氛中，呼吸这种毒气，喷吐致命的毒液。我这是搞的什么名堂，玩的什么花招啊？我满脑子怎么尽是这些罪恶的念头？早晨起来，想着怎么去诱惑他、逗引他，使他精疲力尽、一整天不快活；到了晚上，我又在考虑如何摆布这小伙子，让他夜不能寐。我的脑子总是想着他，有同情，有厌恶；我心里一直打他的主意，时而硬，时而软。

这太过分了！一个姑娘家本应该多想些圣洁的事，怎么专想这些缺德事呢？

更为过分的是，这个青年竟向自身的懦弱屈服，堕入情网，迷恋上一个无论怎么说也没什么了不起的姑娘。别的姑娘多着呢，他可以随便找一个，这还不容易吗？派他的花匠到朱奴拜之流的女人那儿去，不消一天工夫，就会找来一个或是几个姑娘，由他随便挑选。在这城镇上找工作的姑娘多的是，有的是当地人，有的则跟我一样，是从乡下逃进城里来谋生的。人心难测，你说他软弱吧，有时还蛮坚强哩！我的主人原来倾心于我，就跟以往倾心于别的姑娘一样，无非是想在我这里寻求性的快乐与罪孽，后来见我奋力反抗、执意不肯时，便改变了主意，放弃或者说暂时放弃了性欲追求，而转向我本人，想要征服我，战胜我，使我俯首听命，任他摆布。

是的，他现在不再要求那件事了，不再追求性的快乐和制造罪孽了。他要求的只是顺从、屈服，要的是胜利的快乐而不是性欲的满足。谁知道呢，也许他想等到大获全胜之后再把我从这个家赶出去。那时，他胜利了，我屈服了，他再让我可怜巴巴地乖乖滚蛋。我不敢往下想了。我同他一样，也不是省油的灯，偏要与他作对。我几乎忘记了报仇，我回避姐姐和她的那些伙伴，或者是几乎不再想她们。我的脑子里只想着一件事：有一个劲敌想要征服我，有一个主人要迫使我屈服，而我一定要战胜这个敌人，让他听我摆布。就这样，在这个家里，表面上我过得很平静，实际上却极不安稳。最初，我见主人时，面带微笑，主人见我更是笑容可掬。后来，我们见面，满脸笑容变成了双眉紧蹙，和颜悦色变成怒目相对。他招呼我，我不理；他再三呼喊，我一声不吭；他引诱我，我不上钩；他恐吓我，我嗤之以鼻；他苦苦哀求，我冷若冰霜。

后来，天哪！我看见了什么，听见了什么，发现了什么呀！我的主人先是直挺挺地站在我面前，笑容可掬，百般温柔，向我哀求、乞怜。然后如同向我膜拜一般双膝跪倒在我面前，开始默默流泪，继而抽抽搭搭地哭出声来。我的心几乎要软了，真想可怜他。但是，不，不能！我使出全身解数，向姐姐和那些红影子求援，从她们那里吸取了力量，挺过了这一关。

这样，我坚持不肯让步。事后，我们之间的关系便缓和下来，我们开诚布公地谈了一次。他深信自己是失败了，但又无法忍受这一点。我真心实意地安慰他，劝他离开我，去追求他所喜欢的姘头、女仆，另寻他的乐趣。我们说好从此分手。他说他可以离开我，不过，再回来时不能见到我还留在这里，我非常高兴地答应下来。说实在的，我对这场争斗已经感到厌烦，对这种敌对态度我真受不了，我不喜欢这种各怀鬼胎、钩心斗角的紧张生活,能安然无恙地出去,我也就满足了。事实上,我是略获小胜地离开这里。难道不是吗?这个仪表堂堂,有钱有势的花花公子能把别的姑娘随手搞到,而在我面前,他却无能为力,不得为所欲为。不是吗?我让他尝到了失败的苦头,叫他知道,天真无知的乡下姑娘中,照样有能够抗拒像他这样聪明精干有钱有势的阔少爷,不受他们的利诱,不听他们的摆布!

他假装满意,若无其事地离开我,出去了。我立即收拾东西,准备离开这个家。这次,我决定不去见朱奴拜,也不准备住在城里,更不想回到那偏僻的山村。我要坐火车到北边,到开罗去,否则往南,到省城去。天下的地面广阔得很,生活的路子多得很!主意拿定,我理了理简单的行装,默默走出屋子。但花匠却挡在门口,不让我出去,说是主人临走之前再三吩咐,要他阻止我上路,无论如何要留住我,等他回来。这可真是怪事!这么说,他跟我说的分手的事是假的了。他外表平静,内心并不平静,他假装高兴,实则并不高兴。他可真鬼,真是个大滑头!谁知道,也许他是个随心所欲的人,也许他想到自己的失败和后果,不肯认输,在没有降服这个姑娘之前,他就不放她走。

我泄气了。原先有一种念头,支持我去勾引他,拒绝他,戏弄他。后来,我打消了或者几乎打消了这种念头。接着,我以为这个年轻人看中了我,钟情于我,如同他钟情于别的姑娘一样。我的拒绝使他对我更加迷恋。我确信这一点,曾不止一次地自问:你看,他的情欲是不是已经变成爱情了呢?现在我才恍然大悟,他并不爱我,根本就没爱过,他对我并无情义,而只是蔑视,只把我看成一个顽固不化的敌人,只想着如何征服我。那好,我就针锋相对,奉陪到底!

想逃走,那还不容易,但我不想这么干。我要堂堂正正地走出这个大门,绝不背着他。谁知道呢,也许是我根本就不愿离开这个家,尽管这种念头没有公开表露出来。

傍晚,他回来了。这一阵他总是傍晚就回家,整个晚上都待在家里,既不在外边鬼混,也不会朋友。真不知道他的朋友们对他这种离群索居的做法会怎么想。他显出一副若无其事甚至挺高兴的样子,看见我就像离开时那样苦笑道:"我走的时候不是说好了吗,我回来不能再见到你,你怎么还在这儿啊?"

"是啊,你走的时候是说好不想再见到我了,可你却吩咐你的仆人挡住我的去路!"

"谁说的?他撒谎!我看倒是他想把你留下、舍不得你离开。主知道!说不定是你自己愿意同他在一起,勾勾搭搭。本来嘛,原是他向我推荐的你,是他告诉我你在什么地方,并且把你带到这个院子里来的。我真糊涂,让一个花匠骗了我。我的家倒做了他的情场!那么说,你躲避我,推三阻四,并不是为了名誉,保持贞操——你的名誉早就丢了,你的贞操在来到这个家后或者在这之前就早已丧失了。为谁这样不顾脸而失掉贞节的呢?为了这么个花匠?我相信他也迷上了你。"

开始,他心平气和,我以为他是在装腔作势,说着玩的,为的是重新挑起我们之间的敌对情绪。可是再说下去,他就失去了理智,最后竟大动肝火,暴跳如雷,就差动手行凶了。

他这种软硬兼施、喜怒无常的一套我早已习以为常,坦然处之。我平心静气地说道:"没什么!你让我走好了。然后你再调查调查我同这个花匠究竟有无瓜葛。如果你放我上路,我碰到火车就走。我不愿意给你添麻烦,不愿花你的钱,否则会让你把我送上火车,随便把我送到哪个城市去。我只求找个能保全贞操的地方,能糊口就行。主人怎么想就怎么想,反正我是贞洁的。"

他半怒半喜、半认真半嘲讽地说:"你还知道什么是主人、仆人?

我还以为咱们之间不分主仆，只有一种比主仆要坏得多、也更起作用的关系呢？"

"什么关系？"

他说："就是这种……"他像狮子扑食一般向我猛扑过来。但是女人除非她爱，否则是不会被征服的；除非她乐意，否则永远不会顺从。最终，他怎么扑来又怎么退缩了。从此，我们又开始了对峙状态，像过去一样，时而激烈，时而缓和，时而直接露骨，时而曲折委婉。我得承认，这种对立带有情人闹气，又苦恼又有趣的色彩。

生活就这样沿着自己的规律前进，我们俩都不能自拔。斗争把每个人推向对立面，各自向对方靠拢。他不能赶我出门，我也不愿离开这个家。不管是堂堂正正也好，偷偷摸摸也罢，我都无法与他分离。即使我要走，他也会求我留下。现在，我不再怀疑，他不是贪恋我的姿色，不是想征服我、追求战胜顽敌的痛快。这是爱情，是那种渴望得到一切，但即使什么都没有也能满足，只要与情人同在一个屋檐下就感到无比幸福的爱情。

这是爱情，这一点无可怀疑。但确有一种令人痛苦不堪的感情敲打着我那颗慌乱不安的心。我是怎么啦？我还憎恨吗？还想报仇吗？还在信守我对惨死旷野的姐姐的诺言吗？还记着我对那些与姐姐一起在血红的泉水中荡漾的红影子发下的誓言吗？

不错，我确信这个青年爱上了我，确信他再也不能忘情于我。我对这颗躁动不安的心产生了疑问。这颗心是怎么回事？是爱还是恨？若是前者，何必要拒绝、反抗、自寻烦恼、折磨情人？若是后者，又何必还待在这里，苦度难熬的岁月？

不，不！好好想想吧，阿米娜！我说些什么呀！好好想想吧，苏阿德！自从进了这个家，阿米娜这个名字便被抹掉了。

苏阿德，好好想想，是该好好想想的时候了！拿个主意，是该拿定主意的时候了！要不作为情人留下，要不含恨离去，这种犹疑不决的状况对谁都没有好处，双方都不会满意。再说，你也无法再忍受这种生活了。

第二十五章

苏阿德已经想过了，其实也无须细想。她的一颗心已经被这种新的生活所占据，同他融为一体，以至使她觉得天下难事莫过于让她平心静气地思考一下眼前的一切，而不受那种感情的左右。这种感情一时似乎冷得要凝结了，一时却又热得烫人。冷也罢，热也好，万变不离其宗，实质就是爱情。

白天、夜晚，醒里梦中，一时一刻她都不能平静。不管他在与不在，她的一颗心总是伴随着他。一闭上眼就觉得他来到面前，一看见他，眼睛里就放射出迷人的光彩，一听见他的声音，就竖起耳朵。他已闯入她生活的各个角落，从她那儿驱走了一切，就连她那亲爱的姐姐、那些可亲可怕的红影子都被赶跑了。这一对恋人最后到了如痴如狂的程度，她心里只有他，他一心只想着她。

两个顽固的冤家对头如今不再争斗了，连争斗的念头也没有了，有的只是顺从和无保留的屈服。

但是，自尊仍然控制着苏阿德，她与爱情搏斗，并战胜了爱情；她与热恋相争，并制伏了热恋。曾有多少次，姑娘有过顺从的冲动，但一到极限，危临深渊，几乎失身的时刻，自尊便显示了强大的力量，在她面前竖起一面镜子，从这面镜子里她看见了坚贞不屈的阿米娜的形象，也看见了软弱、不能自持的苏阿德的窘态。于是，她后退几步，把委身相许的日子推向或迟或早的未来。

主人的举止也变了。他在热恋中尝到了爱情的酸甜，同她一样忍受着爱情的痛苦。他也恢复了矜持，不强求，不硬讨，不死皮赖脸、一味纠缠，像是为羞涩而变得有节制，似有感于失败而学会自爱，宁肯忍受折磨也不再纠缠、自讨没趣。

一天晚上，他笑眯眯地朝我走来，微笑中有些喜悦，更多的却是忧伤，还带着一点儿疑虑。他不紧不慢地走过来，说道："现在你可以轻松了，我也可以安静些了。"

我不解地望了他一眼，他又重复了一遍。

"你这话是什么意思？"我问。

"我们要分手了。我调到开罗去了。"

一句话砸在我心坎上，如晴天霹雳，我怔住了，一句话也说不出来，一点儿也不能自持，只觉得天旋地转，差点儿昏了过去。泪水如断线珍珠，潸潸而落。他靠近我，双手搭在我肩上。我没有躲闪，没有阻止，只是默默不语，一任泪水流淌。他站在那里惊诧地默默地看着我，然后离我远一点儿，凄楚地说："你这是怎么了？当真不愿离开我？"

我仍沉默着，一声不响，默默流泪。不知这样过了多久，只听他叫了我一声，声音中已没有了凄切的意味，又恢复了我所熟悉的洪亮、兴奋的调子。我抬起头，透过泪水望着他，发现他脸上焕发着光彩，脸色坚毅而安详。他说："看来，我们俩是分不开了，你跟我到开罗去吧，我会让你称心如意的。去吧，该干什么干什么，为我们的旅行做点儿准备，我们在这儿待不了几天了。"

跟来时一样，他迈着稳健的步子走了。我对自己很不满意，不过，这时想责备自己未能掩饰的软弱也不能够了，事情的发展让我由衷地高兴，但这是一种略带伤感的喜悦。我只不过是一个粗知事体的丫头，生活中随遇而安，不闻不问，任人使唤，唯命是从，来来去去，让干什么就干什么，不能干别的，也不想别的。我在这样的生活道路上挣扎、奋斗，终于找到了期待已久的最大幸福。喜悦之余，能不感慨吗？！

奇怪的是，从此之后，他不再用那种贪婪、色迷迷的眼光看着我，而是像那些正派的主人对待他纯洁的女仆那样对待我。我们之间没有淫乱的暗示，没有邪恶的冲动，更没有沉沦的恐惧，开始过起一种纯真无邪的生活。仿佛我们过去从未相遇、不曾相识，只是在他讲了那番去开罗的话之后才认识的。

白天、晚上，我孤独无聊的时候，呼唤过姐姐，然而不再见她在城里时容光焕发的面庞，不再见她在村长家时茫然若失的愁容，不再见她在血红泉水边低头不语的形象。

那些曾经多次萦绕脑际的影子不再出现，只留给我一点儿模糊、伤心的记忆，每当想起这些，禁不住一声叹息，两行热泪。如此而已，随即烟消云散，我又回到宁静欢快的生活激流里，虽然欢欣之中不免拌进几丝忧伤。

我同主人来到开罗，与他双亲住在一起。我仍旧服侍他，别的家务一概不管。他父母为人宽厚、慈祥，待人和蔼可亲。天长日久，他们对我越来越像朋友，不以主仆相看。他更加尊重我，让我参与他的一些事情。

呀！我这时的生活与当年跟赫蒂彻小姐相处的日子多么相像，只是地点不同罢了。我与他的友情如同与赫蒂彻的友谊一样纯真无邪。我生来不就是为的与人们友好相处吗？！

但是，一个富贵公子和一个苦命丫头之间结下的这种友谊是不同寻常的。长久以来，他一直迷恋着她，追求她，把她作为满足自己罪恶欲望的猎取对象。像那些纨绔子弟一样，他企图在她这个贫苦无知的女子身上寻欢作乐。后来，当他发现不能随心所欲的时候，他便跟包围城堡似的，将她团团困住，当作仇敌厮杀，谁知结果又不分胜负，只好休战。偏偏合了"不打不成交"的俗话，结果是两个人心心相印，难舍难分。从此，他不再向她提出非分之想，她也不再抗拒，无心设防了。

我是在说心里话，还是自欺欺人？不错，新的生活叫我由衷地高兴，那颗备受折磨、疲惫不堪的心也确实舒畅多了。可是来开罗之后，时光一天天过去，我和他的关系仍然是似亲似疏，若即若离，这种状态能让人放心、高兴吗？不知为什么，我觉得这种休战时间太长，和解持续得太久，我似乎渴望着原来那样的战斗，喜欢那样的敌对。我担心他的羞涩可能是一种推脱，他的拘谨也许是回避。我有这种念头，又尽力加以否定，狠狠责备自己。我相信他也会有这些想法，同样会责备自己。

来开罗后，他仍跟原来一样，深居简出。这样做，他精神上未必轻松，我心里也不自在。每天一早，他按时上班，下午准时回家，晚上总不出去。要知道社会上像他这样的公子哥儿在家里是一刻也待不住的，成天在外边游荡，家只不过是个专供食宿的旅店，晚上不到三更半夜，是不着家门的。我早就听说在开罗有许多让青年人着迷的去处，可他偏不感兴趣。这是怎么回事呢？开始，他父母对儿子这样正经倒十分满意，他们也喜欢儿子守在跟前。后来，他们也渐渐觉得有点儿反常，一个年轻人总是待在家里，埋头读书，不去俱乐部玩玩，不和朋友们来往，这怎么行？母亲多次劝他出去遛遛，他像没听见。父亲要引他去看表演，听音乐，访朋友，他毫不理会，依然故我，晚出早归，不是和父母在一起，就是关起门来读书。

有时，他把我叫到他房里，跟我聊天，谈我们原来住家的那座小城镇，谈大城市开罗的生活。他坐在桌子旁边，我站在离桌子不远的地方陪着。他总要我坐下,我多想坐下来呀!但每次我都莞尔一笑,谢绝了。

我这样的仆人怎好跟他平起平坐?站在面前跟他说说话,这就够好了。我和这个青年之间这种若即若离、不冷不热的友谊难道还不奇特吗?我时常想,这究竟是一种单纯的友情呢,还是一种超越友情的什么特殊的感情?就我自己而论,在这友谊的背后,我感到了一种炽烈的爱情。我尽力压抑着这种感情,把它深深埋在心底。他是不是这样呢?看来,他也是故作姿态,把自己的心事隐瞒起来。几个月来,骗得我好苦!

一天晚上,他终于把事情挑明了。于是,我们之间的一切都变了样——或者说恢复了本来面目。那时,他没有矫揉造作,虽然心中爱情之火熊熊燃烧,脸上却不显激动,声音也十分平和,就像往日谈小城镇与大开罗似的。他说:"难道你不认为我们的事也该到头了吗?"

我说:"什么事?"

他说:"爱情。我们为它争斗已久,又缄默已久,然而爱情并没有对我们沉默,没让你轻松过一天,也没叫我安宁过一刻。这种暧昧的生活应该以它应有的直率和坦白而告结束。"

我听得清清楚楚,但没有回答。

他等了一会儿,见我仍不说话,又接着说道:"以往,你明白我想做什么,现在你也应该知道我要干什么。"

"不,我不明白。"我含笑道。

"不,你知道。过去我对你心怀邪念,现在我是要和你结婚。"他笑着说。

我身不能支,靠在近旁的椅子上。我从不曾有过结婚的念头,也不该有这个念头。不错,我曾做过也曾想过许多大事,但我一直是理智的,无论是爱是恨,无论是希望还是失望,一时一刻都没能使我失去常态。因此，我真诚地回答他："不应该拿这种事开玩笑。"

他笑了笑，说："你以为我是在开玩笑吗？你可能想到你我之间的社会差别，一个富贵人家的阔少爷怎能同一个贫苦不幸的女仆结婚，是不是？那你就放心吧！不要再胡思乱想了。你从我们在那个城市的相处中已经发现我这个主人不同于一般的主人，而我从认识你的那天起，就觉得你不同于别的女仆。你等我等到深更半夜，与以往服侍我的姑娘截然不同，这使我惊奇。但我不曾想到，你还会在我心里引起别的惊异和爱慕之情。"

说完，他低下头，沉默了好长一会儿。我呆呆地站在那里，无言以对，不知所以然。又闷了一阵，他抬起头，用平静而忧虑的语调问道："你答应吗？"

"您知道，这根本不可能。"我说，语调更加平静，更为忧伤。

"你一定是在考虑我的双亲？"他说，"我早想到了。我决心已下，无疑他们会同意。假若他们反对，我知道怎么对付他们——何况他们不会那样做。这样，你该答应了吧？"

我说："不，这不行。"

他急了，说道："我想，我有权利弄明白，你为什么这样一味拒绝？我们分手是不可能的。这，你也明白！我敢说，不结婚，我们两颗心是不会满足的。"

"我们的两颗心是注定了得不到满足的！"

"那么，是谁——谁注定了我们这两颗心必得长期忍受折磨？"

我想回答，却哽咽难言，泪水直流。我想走开，他从座位上沉重地站起来，慢慢走到我身边，温柔地轻轻将我拉回原处，又坐下道："你看到我怎样克制自己吗？难道你就不想想，长期以来，我所忍受的难挨的烦恼？告诉我，谁判定了我们要长期受这磨难？"

"是你，也是我。"我说，"是我们自己把对方拖入苦海，忍受折磨，又是我们自己为对方提供了平静友好的气氛。我们不该有更多的奢望，对你我来说，都不会有比这更好的结果了。"

他说："你的话叫我越听越糊涂。"

"尽管糊涂，我们也只好这样了。"

"我向你发誓，我再不能忍受这种折磨了！"看得出他在努力保持平静。

"我也不能忍受这种生活。但是，命中注定我们不能如愿，我们又能怎样呢？"

"注定了什么？难道你就不能讲清楚，让我知道吗？难道还没到驱散乌云的时候吗？"

"你真希望这样吗？'驱散乌云！'我却担心，一旦乌云驱散，我们沐浴在阳光里，恐怕谁都不愿再看对方一眼了。"

"不，无论后果如何，我也要弄个明明白白。"

他激动得提高了嗓门，手也发抖。

"那好，我坐下来讲。"我没等他允许便坐在我一直靠着的椅子上，开始向他讲述我的故事。我没有眼泪，没有悲伤，不慌不忙，就像对一个陌生人讲述另一个陌生人的故事，把我的全部身世、遭遇和盘托给了他。我不知道讲了多长时间，只记得最后说道："你现在明白了吧？你看到了遮蔽我们的乌云了吗？你还能再看我一眼吗？"

我等着他的回答。良久，我听见了他的答话，那声音似乎很远："能，我能看你，我看到的只有你。你呢，你能再看我一眼吗？你还想找我报仇吗？"

我身不由己地倒在他的怀里。我的心碎了，化作泪水，潸然而下。

过了不知多久，我才又听他说道："在这件事挑明之前，我们可以分手。至于现在，我们无论如何不能分开。若是我们沐浴着的阳光比刚刚摆脱的黑暗更可恶，岂非咄咄怪事！在这严峻的现实面前，我们谁也离不开谁。这副担子你一个人怎么挑得起?我一个人挑,也太重,那就让我们俩来承受我们的不幸和痛苦吧!"

话说到这里中断了。我们谁也没再说什么,可怕的沉默笼罩着整个屋子,我们默默相对,似醒似梦。

啊!亲爱的小鸟,你的声音传到我的耳中,把我从深沉的静默中解脱。我吃了一惊,他也吓了一跳。之后,我们又安静下来,我脸上犹自挂着两行热泪,他两手撑在桌上,说道:"鹬鸟的叫声!你听,一声连着一声。胡娜迪倒毙在那漠漠旷野的时候,你记得它也是这样反复鸣叫的吗?"

开 罗

1934 年 9 月

图书在版编目（CIP）数据

鹬鸟声声 / (埃及) 塔哈·侯赛因著；杨石泉，李志国，李明茹译. -- 北京：华文出版社，2017.4
　　ISBN 978-7-5075-4548-7

Ⅰ.①鹬… Ⅱ.①塔… ②杨… ③李… ④李… Ⅲ.①长中篇小说-埃及-现代 Ⅳ.①I411.45

中国版本图书馆CIP数据核字(2017)第093427号

鹬鸟声声

作　　者：	〔埃及〕塔哈·侯赛因
译　　者：	杨石泉　李志国　李明茹
策　　划：	杨　平
责任编辑：	杨　宁　郭俊萍
特邀编辑：	王　芳　麦日排提·麦合木提
出版发行：	华文出版社
社　　址：	北京市西城区广外大街305号8区2号楼
邮政编码：	100055
网　　址：	http://www.hwcbs.com.cn
电子信箱：	sinoculturepress@yahoo.com
电　　话：	总编室 010-58336239　发行部 010-58336270
	责任编辑 010-58336258
经　　销：	新华书店
印　　刷：	北京联兴盛业印刷股份有限公司
开　　本：	710×1000　1/16
印　　张：	9.5
字　　数：	77千字
版　　次：	2017年5月第1版
印　　次：	2017年5月第1次印刷
标准书号：	ISBN 978-7-5075-4548-7
定　　价：	28.00元

版权所有，侵权必究